I0685332

Centonove Volte

Di Ruggero Casalini

Youcanprint *Self-Publishing*

Titolo | Centonove Volte
Autore | Ruggero Casalini

ISBN | 978-88-93211-43-7

Youcanprint Self-Publishing
Via Roma, 73 – 73039 Tricase (LE) – Italy
www.youcanprint.it
info@youcanprint.it
Facebook: facebook.com/youcanprint.it
Twitter: twitter.com/youcanprintit

Quando il bambino era bambino, se ne andava a braccia appese.
Voleva che il ruscello fosse un fiume, il fiume un torrente;
e questa pozza, il mare.

Quando il bambino era bambino, non sapeva d'essere un bambino.
Per lui tutto aveva un'anima, e tutte le anime erano tutt'uno.

Quando il bambino era bambino, su niente aveva un'opinione.
Non aveva abitudini.
Sedeva spesso a gambe incrociate, e di colpo sgusciava via.
Aveva un vortice tra i capelli, e non faceva facce da fotografo.

Quando il bambino era bambino, era l'epoca di queste domande.
Perché io sono io, e perché non sei tu? Perché sono qui, e perché non sono lí?
Quando é cominciato il tempo, e dove finisce lo spazio?
La vita sotto il sole, é forse solo un sogno?
Non é solo l'apparenza di un mondo davanti a un mondo, quello che vedo, sento e odoro?
C'é veramente il male e gente veramente cattiva?
Come puó essere che io, che sono io, non c'ero prima di diventare?
E che un giorno io, che sono io, non saró piú quello che sono?

Quando il bambino era bambino,   per nutrirsi gli bastavano pane e mela, ed é ancora cosí.
Quando il bambino era bambino, le bacche gli cadevano in mano,
come solo le bacche sanno cadere. ed é ancora cosí. Le noci fresche gli raspavano la lingua, ed é ancora cosí.
A ogni monte, sentiva nostalgia di una montagna ancora piú alta, e in ogni cittá, sentiva nostalgia di una cittá ancora piú grande.
E questo, é ancora cosí. Sulla cima di un albero,

prendeva le ciliegie tutto euforico, com'é ancora oggi.
Aveva timore davanti ad ogni estraneo, e continua ad averne.
Aspettava la prima neve, e continua ad aspettarla.

Quando il bambino era bambino,
lanciava contro l'albero un bastone, come fosse una lancia.
E ancora continua a vibrare.

Peter Hanke

Dedicato a tutti coloro che cercano risposte

INDICE

Si Parte...

La stazione quel mattino si presentava semi deserta. Il treno delle sette e venticinque era in ritardo. Mi accomodai su una di quelle gelide panchine di marmo poste ai lati dei pilastri, lungo il binario, e attesi. Osservando il cielo ancora di un blu echino non si capiva se la giornata sarebbe stata soleggiata o uggiosa.

" uggiosa..." pensai.

Le stazioni sono strani luoghi, ne ho avuto paura per anni prima di abituarmi a tutte quelle specie di spettri, con le facce lunghe, magre, gli occhi gonfi e assonnati che ripetono meccanicamente gli stessi gesti: prendi il carrello mobile, vai al binario numero 10, sposta il locomotore, vai al binario 7, riattacca il locomotore. Per non parlare di quella schiera di disperati che chiedono soldi, sempre con la stessa scusa:

--- Avresti per caso 50 centesimi? Mi mancano per comprare il biglietto del treno, per andare a casa..--- .

Allora allunghi una mano e lasci una moneta o due e ti domandi cosa faranno davvero con quei soldi, poi ricordi che non sono affari tuoi e ridiventi cinico come prima.

Sette e trenta. Ancora nessun treno al binario. Cominciai a sentire freddo e optai per un caffè. Giunsi al bar con una discreta fatica, era ancora abbastanza buio. A pochi metri dall'entrata urtai qualcuno, mi volsi e automaticamente, per abitudine, mi scusai: la giovane signora che avevo "toccato" si era fermata e mi stava guardando probabilmente con un'occhiata di rimprovero che di sicuro avrei notato se non fosse stato per gli occhiali scuri che portava sul naso.

– Mi scusi..--- ripetei, ma ella non parlò e, voltandosi, scosse la testa e tornò per la sua strada. Mentre sorseggiavo il caffè, pensavo:

" occhiali scuri al mattino presto? A che pro? " .

In quel momento la voce meccanica dell'altoparlante annunciò che il treno era in arrivo. Finii con calma il caffè, poiché sapevo che una gran quantità di gente avrebbe affollato la pensilina e io avrei fatto fatica ad evitare le persone. Rimasi nel bar ad osservare tutte queste facce, ciascuna immersa in pensieri indecifrabili. Transitavano signori anziani ben vestiti, ragazzini con lo zaino in spalla e gli occhi ancora a mezz'asta, donne con tacchi a spillo che ad ogni passo risuonavano sul marmo della stazione, ragazze con cuffie alle orecchie e naso sul cellulare, quello che fumava una sigaretta come fosse l'ultima della sua vita, la mamma con il passeggino che ansimava per la fatica di farlo salire sui gradini del treno, la signora anziana con una valigia enorme e ginocchia tremolanti. Insomma, un sacco di gente. Attesi che il marciapiede del binario si svuotasse e con calma mi diressi verso una carrozza. In tanti anni di viaggi generalmente scelgo quelle di coda: mi piace, mentre il treno viaggia, raggiungere il fondo e dall'ultimo vetro osservare i binari che sotto i miei piedi sfrecciano verso l'orizzonte.

Posto prenotato numero 74 lato finestrino recitava il mio biglietto, penultima carrozza, che fortuna come desideravo. Entrai nello scompartimento ancora vuoto, e sedetti.

Ho viaggiato con ogni persona possibile immaginabile: dall'ex galeotto evaso con la crisi di coscienza, all'eroinomane, al presidente di regione, alla signora tutta gioielli e profumo, all'ex capostazione, al frate, alla suora, al prete, al belga donnaiolo, al comunista leninista convinto, allo squatter, al nazi---fascista con tanto di manganello e camicia nera, alla ragazza africana con dieci bambini, ai marocchini in fuga dalla polizia, ai rumeni, ai polacchi, ai russi con tanto di vodka e cetriolini, alla bella ragazza con la mania del sesso, agli omosessuali, alle lesbiche dichiarate, a gente del nord, del sud, dell'ovest, dell'est e di qualche altro pianeta. Perciò quando mi siedo in uno scompartimento che è ancora vuoto mi chiedo:

--- cosa succederà stavolta: quale assurdo essere umano entrerà da quella porta? Quale sarà la sua storia? Avrà voglia di raccontarmela? –

Un tempo mi divertivo a fantasticare su come avrei trascorso il viaggio. Oggi, dopo averne viste tante, ammetto di non essere più così fantasioso: approfitto del movimento cullante del treno per addormentarmi, sempre con la speranza di non dover viaggiare, ad esempio, con due signore di mezza età che per sei ore non stanno zitte nemmeno trenta secondi. Cosa ti devi raccontare per sei ore? Naturalmente si parte dai discorsi banali, come il meteo, la politica, come sono cambiate le cose da quando erano ragazze loro, che i giovani di oggi non hanno più valori, che non esistono parcheggi in centro, e così via fino a che, divenute ottime amiche, si confessano cose terribili e inenarrabili, ad esempio che durante una dieta serrata una delle due ha mangiato un dolce alla panna! Apriti cielo! Iniziano con una serie di espressioni facciali tra lo sbigottito e l'incredulo, per poi arrivare alla rassicurante conclusione che in fondo, se si sentiva di farlo, voleva dire che non era poi così sbagliato, e con un bel sorriso conciliante l'una all'altra, scendono dal treno felici e contente.

Pochissime volte ho cambiato scompartimento nel bel mezzo di un viaggio. Certo, situazioni difficili o stressanti me ne sono capitate. Sono dell'idea comunque che la sensazione peggiore la dia sempre il passeggero che si sente in imbarazzo, e spesso è una giovane donna: costretta a rimanere seduta senza potersi muovere, diviene smaniosa, gioca con la cerniera della borsa, guarda dal finestrino il paesaggio che sfreccia, ma dopo un po' le viene mal di testa, non guarda in faccia nessuno come se i maniaci e gli stupratori fossero tutti in quello scompartimento, accende il cellulare e addio, non alza più il naso.

Una volta vidi una ragazza che per tre ore e mezza fissava le punte dei lunghi capelli, uno a uno, probabilmente alla ricerca di punte doppie. Per tre ore e mezza! In un'altra occasione una signora, in un viaggio di sei ore, apriva ogni dieci minuti la borsa per controllare se il portafoglio fosse ancora lì; dopo aver contato settanta volte lo stesso gesto mi persi e mi addormentai.

Ho smesso di giudicare questi assurdi comportamenti, perché non tutti sono in grado di stare realmente a contatto con gli altri: spesso vivono in un mondo tecnologico, ricco di idee ma non di sostanza, tra Facebook, Twitter e altre comunicazioni globali; sono talmente abituate a procedere in solitudine che, quando siedono in uno scompartimento chiuso con altre persone, pregano che il viaggio finisca presto. Io stesso ho agito così per anni. Poi sono giunto alla conclusione che la vera meta non è il posto da raggiungere, ma il viaggio stesso. Ho trascorso molte ore piacevoli con persone a modo, come quella volta che un signore distinto mi raccontò del rapporto burrascoso che aveva con il figlio. Fu interessante e piacevole, era una persona umile e simpatica. Una volta un ucraino, nipote di una sciamana mi lesse la mano, andava a trovare un parente dalle parti di Verona con sua figlia, una bella ragazzina alta, sottile e dagli occhi dolci che si sistemò sulle mie ginocchia per tutto il percorso. Alla fine ci stringemmo la mano e mi salutarono come se fossi sempre stato uno della famiglia. Fu commovente.

Esistono altre figure chiave all'interno di questo universo che è viaggiare su rotaia: sono uomini dall'aria stanca e annoiata che ciondolano da un vagone all'altro con occhialetti minuti sul naso e occhi piccoli e vispi. Controllano i biglietti. Esatto, i controllori. L'incubo dei disonesti, ma anche dei poveracci, di chi non può permettersi un biglietto, degli sbadati che si scordano di obliterare e infine l'angoscia di chi si addormenta sul treno e viene improvvisamente svegliato. È meraviglioso il dondolio del treno sulle rotaie, la pace dei sensi: il paesaggio fuori che sfreccia, un rumore costante di ferraglia sotto i piedi e piano piano le palpebre sbattono più lentamente e poi non si alzano più. I sogni sul treno in corsa li ho sempre trovati mistici: in qualche modo si fondono con il rumore e il chiacchierio della gente, si plasmano seguendo chissà quale filo logico, sono leggeri: basta una frenata brusca e apri gli occhi per poi richiuderli. Si è scomodamente seduti il più delle volte, ma il sonno corteggia il viaggiatore come una bella donna dal profumo inebriante.

– Buongiorno! Biglietti prego! --- . Una voce stentorea.

" eccolo… il rompib.." penso tutte le volte che l'invadente omino entra con uno strattone dalla porta scorrevole. Tamburella le dita sul palmare che si porta appresso guardandoti con aria di sufficienza e impazienza, mentre tu, stordito, cerchi di capire dove sei, chi è lui e che diavolo vuole. Sporgi il biglietto che finalmente hai trovato tra tutte le tasche di giacca, cappotto, jeans e camicia e questi, con un'espressione quasi di sufficienza, piega il capo, inforca gli occhiali e legge. Poi fa un buchino con una strana pinzatrice e veloce come è entrato scappa via senza nemmeno salutare. Una volta mi capitò invece di essere svegliato dolcemente da una mano sulla spalla: era una signora di mezza età:

--- buongiorno, mi spiace averla svegliata, ma dovrei controllarle il biglietto.. –

"Caspita!" pensai " che cortesia! Perché non sono tutti così?"

Le allungai il biglietto ed ella, scusandosi ancora, salutò gentilmente. Può sembrare ingenuo o stupido, ma il resto della giornata, dopo quel risveglio, la trascorsi con il buon umore. La cortesia è davvero una grande magia.

Esistono poi altri individui che vagano in coppia nelle stazioni. Sono armati con tanto di manganello, manette e pistola. Da ipovedente quale sono la cosa più divertente è osservare come ti guardano. Mi spiego meglio: una persona che in genere ha difficoltà visive, se è sola in un luogo affollato, cammina lentamente, guardando bene dove mettere i piedi e cercando di non urtare nessuno. Agli occhi di chi non sa, può sembrare a tutti gli effetti un tossico. Quindi potete immaginare quante volte sia stato fermato dalla polizia o dai carabinieri, specialmente di sera, quando la mia vista cala considerevolmente. Una volta mi fermarono in due: uno giovane avrà avuto poco più di vent'anni, l'altro sarà stato sui cinquanta; il giovane mi guardava con sospetto come se avessi sulle spalle uno zaino pieno di eroina o armi nucleari; il secondo invece non capiva la mia carta di identità:

--- Ma lei si chiama Rodolfo di nome o di cognome? –

Lo guardai come a dirgli che se sulla stessa riga della dicitura NOME c'era scritto Rodolfo, probabilmente quello era il nome. Il giovane controllava il mio zaino e tirò fuori tutto. Eravamo in stazione e ora probabilmente mezza Torino sa che tipo di biancheria uso. Morale della favola: persi il treno.

È frequente chiedere i documenti ad un giovane che viaggia solo, come se una donna di mezza età o una con un passeggino non potessero trasportare l'intrasportabile. Qualche anno addietro si è scoperto che la maggior parte della droga e delle armi veniva trasferita nella mia città da nonnine con età oscillante tra i settanta e gli ottant'anni e lo facevano per arrotondare la pensione. Risulta confermato il proverbio: mai fidarsi delle apparenze.

Il treno, come ogni altro ambiente terrestre, ha la sua flora, che nasce rigogliosa dai sedili, dai pavimenti, ma soprattutto dai gabinetti, e la sua fauna, come abbiamo appena descritto. È un mondo strano quello della stazione, desta timore. L'uomo è spaventato da ciò che non conosce e un luogo dove normalmente si muovono tante persone è circondato dal mistero. Certo, sarebbe più semplice se tutti ammettessimo di sentirci a disagio, che è difficoltoso sopportare qualcuno che chiede soldi o che è invadente, che è soffocante vivere in uno spazio chiuso con degli estranei, che è complicato attaccare bottone e fare conoscenza. Sono situazioni che riguardano tutti e che dobbiamo affrontare e superare perché l'uomo, in definitiva, è un animale sociale…ma questa è la realtà e vorremmo diventasse come Star Trek, amorevolmente cosmopolita…

Intanto godiamoci questo ennesimo viaggio in treno…

Gothica

Osservavo una piazza deserta: erano da poco scoccate le sette di sera. Il buio si apprestava a ingoiare tutto, anche le alte lance della chiesa gotica di fronte al municipio. Praga ne è piena: gotico tedesco, il migliore. Alte torri finissime, piene di anfratti e guglie, di gargolle e strane facce mostruose. Freddo pungente. Le mie scarpe nere scricchiolavano sulla brina del selciato, la valigetta che stringevo in mano dondolava ad ogni passo. Girai in un vicolo più scuro e meno trafficato. Il campanile batteva le sette per la seconda volta. Svoltai ancora: c'era un bar all'angolo, entrai. Il locale era caldo e l'odore ricordava vagamente il gulasch. Feci un cenno all'uomo dietro il bancone e sedetti ad un tavolino, con il muro alle spalle. Una graziosa cameriera sorridendo mi domandò qualcosa in ceco, allungai il dito senza parlare e le indicai una marca di birra, la ragazza intese e sparì. Tolsi i guanti neri di pelle e aprii la valigetta. Sotto la mia Beretta con il silenziatore afferrai una foto, richiusi e la fissai. Un uomo di mezza età, capelli corti, sorriso sadico. Sotto, un briefing: accuse di molestie sessuali, un paio di condanne mai scontate, qualche anno di carcere minorile. Il mio obiettivo. Lo studiai bene in modo che la sua faccia diventasse chiara nella mia memoria.

Arrivò la birra. Afferrai il boccale senza nemmeno guardarlo e lo vuotai in un paio di sorsi. Piegai la foto e la misi nella tasca del cappotto di pelle, lasciai tintinnare un paio di monete sul tavolo e senza una parola uscii dal bar. L'aria diventava fredda, mi diressi alla macchina. La Mercedes nera era sempre lì. L'antifurto cigolò e la portiera si aprii, sedetti e accesi il motore. Presi la statale in direzione Brno. Scendeva il buio quando arrivai al bivio che m'interessava, girai a destra.

Il paese era squallido. Ricordava la periferia di Berlino Est. Girai di nuovo a destra. Prese a nevicare, accostai a fianco di un palazzo fatiscente. Spensi il motore e scesi. Con la pistola pronta in tasca del cappotto camminai lento verso quella che sembrava essere l'entrata. Un cartello penzolava in alto, sbiadito dalla ruggine e dal ghiaccio. Vi spiccava un graffito: " Gothica". Una vecchia fabbrica di acciaio, forse. I carrelli a rotaia erano ancora lì, le catene collegate alle cisterne penzolavano congelate nel nero del magazzino. Andai diritto verso una porta sul fondo, la spinsi: era arrugginita ed emise un lamento stridulo. Attraversai la camera della fornace; la neve entrava da alcune finestre rotte e la luce del lampione stradale faceva capolino dall'angolo in alto, ad ovest, dove il tetto era crollato. La rampa di scale si trovava là in fondo. Feci piano, i gradini erano in ferro divenuto nero per il gelo, arrivai all'ufficio. Dalle finestre opache s'intravedeva un chiarore. Entrai silenziosamente, girai attorno alla scrivania muovendomi con la leggerezza di un gatto, sentivo parlare in ceco. Mi accorsi dell'esistenza di un'altra stanza con la porta socchiusa da cui trapelava la luce. Dalla fessura vidi un uomo seduto su uno sgabello, legato e imbavagliato, notai che sanguinava da un lato della testa. Non era ovviamente lui a parlare, cercai l'altro. Due uomini, alti e robusti, stavano più indietro al buio, ai lati dello sgabello, ma quello che parlava gli era davanti. Teneva in mano un paio di tenaglie già rosse: si era evidentemente divertito a strappare un orecchio alla vittima e rideva. Camminò sotto la lampada e riconobbi il profilo. È lui pensai. Spalancai la porta con una spinta, sparai prima all'uomo a sinistra dello sgabello, e lo presi in pieno petto che esplose come fosse stato un manichino, poi sparai a quello di destra che stava estraendo l'arma. Lo colpii nell'occhio sinistro e cadde fulminato. Il mio uomo si voltò spaventato ma aveva già la canna della pistola a tre dita dalla fronte. Rimanemmo immobili così per qualche secondo, la vittima seduta piangeva e si lamentava. Il mio avversario era in piena luce e riconobbi lo sguardo sadico. Veloce come un serpente spostò la testa e picchiò il mio polso con le tenaglie che teneva ancora in mano, la pistola precipitò a terra. Con una risata gli dette un calcio e colpì di nuovo con quell'arma così grezza ma tagliente, questa volta in faccia. Non vidi arrivare il fendente, la testa girò con violenza e per poco non persi l'equilibrio. Arrivò ancora un colpo, questa volta sull'orecchio destro che subito prese a fischiare e caddi. Sempre più invasato mi fu sopra in un attimo. Facendo leva con le gambe lo spinsi indietro contro delle spranghe di acciaio che scivolando per terra rovinosamente fecero un baccano infernale. Il mio uomo, grugnendo, mi si scagliò contro a testa bassa ma lo evitai: andò dritto sullo schedario. Sempre più furioso, con un taglio sulla fronte che buttava sangue copiosamente, allungò il braccio con violenza. Questa volta lo bloccai. Aveva esaurito le forze, la sua arma cadde. Cercò di divincolarsi, di stendermi con un diretto, ma bloccai anche l'altra mano e lo colpii con una testata sul naso, che si ruppe. Grugnì e indietreggiò tenendosi la faccia, io rimasi fermo. Mi guardò con odio, il sangue gli aveva trasformato il viso e gli occhi azzurri saettavano feroci. Scattò verso una tavola lì accanto e, preso un ferro appuntito, con il braccio alzato tentò di lanciarsi verso di me, inutilmente: avevo già la mano intorno al suo collo. Non fu difficile stringere, ancor meno alzarlo di una spanna da terra, era leggero. Si agitava e rantolava. Alla fine strinsi ed il collo cedette con un rumore secco come un ramo spezzato. Sono pagato per questo. Lasciai andare il corpo senza vita. La sua vittima piangeva e la lampada dondolava insensibile in quella stanza orrenda. Liberai l'uomo legato e mi accorsi che era stato torturato, subito si levò il bavaglio e pianse. Cercai con gli occhi la pistola, era là nell'angolo, la raccolsi. Il ragazzo parlava in russo. Presi il cellulare, lo accesi e lo lasciai ai suoi piedi.

--- Biglietto prego! – gridò qualcuno.

Aprii gli occhi di soprassalto e trattenni il respiro. Era il controllore. Mi passai la mano sul viso, ancora avevo in testa quello che pensavo fosse realtà.

– Si sbrighi, per favore! – disse.

Lo guardai mentre l'immagine del collo spezzato si dissipava nel caldo sole di quel pomeriggio. In tasca avevo il biglietto che gli porsi senza parlare. Questi lo guardò, timbrò e sparì, lasciandomi frastornato e sorpreso dai poteri netti e penetranti della mia mente.

" Porca miseria! Perché mai un killer? Che senso ha?" mi fregavo le gote cercando un significato al sogno appena vissuto. Era talmente reale che avevo difficoltà a capire se non fosse successo davvero.

Il treno, fermo da qualche minuto in stazione, si mosse nuovamente. La realtà mi ricadde addosso con tutto il suo peso.

Mi sono sempre chiesto perché nascano determinati sogni: da cosa scaturiscono? È giusto il momento? Sono coinvolti i propri meriti e le proprie colpe? Quanto scava dentro di noi? Vuol dire che io, ad un livello chissà quanto profondo, sono un violento? Uno non dovrebbe mai svegliarsi improvvisamente dai sogni, ma uscirne gradualmente, almeno da quelli così intensi. Purtroppo non sempre è possibile. Questo mi affascina. Se la mia mente ha grandi poteri d'immaginazione, se nella fantasia posso affrontare difficili situazioni, perché devo svegliarmi? La realtà è sicuramente più noiosa, ma, devo ammettere, nel caso di un incubo è una benedizione destarsi.

Ancora con il pensiero rivolto ai sogni, voltai lo sguardo verso il finestrino per osservare i campi di grano correre.

S Come Sylia

Per un riflesso delle luci dello scompartimento, sul finestrino comparve il mio viso che, a poco a poco, svanì per lasciare apparire il suo. Riapparire, se vogliamo essere precisi, anche se con minore intensità di un tempo.

Quando la incontrai mi strinse la mano: era piccola e tiepida. Cercai di sorridere mentre mormoravo il mio nome, ma non mi riuscii subito: ero imbarazzato. Aveva occhi grandi e azzurri e mi fissavano. Non era alta, il corpo esile e raffinato, sorrideva spesso. Il sole quel giorno era forte, ricordo che dovetti socchiudere gli occhi per non avvertirne l'intenso fastidio. Mi parlava sottovoce, con un forte accento francese. Il modo di pronunciare il mio nome era tenero e impacciato, mi piaceva.

La conobbi in compagnia di un ragazzo, che poi scoprii essere un suo coinquilino. Era timido, riservato, tanto che all'inizio pensai si sentisse minacciato dalla mia presenza: teneva gli occhi bassi, ogni tanto alzava lo sguardo, desiderava che me ne andassi, era palese. Non capivo il perché. Lei era forse una sua preda? Eppure non sembrava. Pensai a quel genere di uomini che nutrono per le donne un enorme rispetto e affetto. Sono uomini con un animo ricco e profondo, la loro timidezza non ha eguali con nulla in natura. Spesso questi uomini divengono con il tempo come degli amanti segreti, pieni di imbarazzo e di parole non dette, come quei bambini che per la prima volta sentono il morso della gelosia per il proprio fratellino o sorellina più piccoli: si sentono a disagio e non sanno perché. In effetti mi colpì più la debolezza di lui che la forza di lei. Questo Sylia lo sapeva.

Sylia, nome mormorato tante volte, comparve come per incanto sul finestrino, mentre il suo volto si confondeva con il bosco che sfrecciava in sottofondo quel pomeriggio. Anche non volendolo, mi lasciai andare ai ricordi di quel periodo.

La vedevo a intervalli di due mesi. Cercavo di approfondire la sua conoscenza in tutti i modi possibili, ma di fronte trovavo un muro morbido che gentilmente mi rispediva indietro. Il meccanismo fu talmente sottile e raffinato che trascorse del tempo prima di comprendere il suo rifiuto, mai netto. Cercai, provai a farle capire che mi sarebbe piaciuto prendermi cura di lei, per quanto nelle mie possibilità, ma fu tutto inutile. Era bella. Tanto bella che ogni volta mi convincevo a ricominciare tutto da capo e poi, nuovamente, come in un sortilegio, giravo su me stesso e mi ritrovavo solo, ad aspettare ancora. Era irraggiungibile, come uno di quegli uccelli fatati dalle piume blu e il becco smeraldo, piccoli e velocissimi, che di tanto in tanto si ha la fortuna di veder scendere dal paradiso. Puoi parlare, ridere, scherzare, ma appena provi a toccarli spiccano il volo e chissà quando torneranno.

Il treno rallentò fino quasi a fermarsi, forse per dei lavori sulla linea ferroviaria. L'ininterrotta striscia verde di vegetazione diveniva via via più ricca di particolari. Dal finestrino osservavo vicino al binario un grande albero pieno di fiori bianchi e tra il fogliame intravidi del piumaggio. Era una famiglia di uccelli intenti a nutrirsi, uno di essi salì sul ramo più alto e isolato si pulì le piume, lisciandole con il becco. Per qualche secondo mi guardò. Un soffio di vento e lo stormo si animò in un frullare di foglie, poi spiccò il volo e sparì nel cielo pomeridiano. Sylia era così.

Lei aveva altri scopi, altri progetti: voleva crescere come professionista, viaggiare senza legami, diventare qualcuno. Una volta lessi che quando una persona manifesta così tanti desideri precisi, sono nascoste altrettante difficoltà: se Sylia avesse avuto il desiderio reale di crescere, di terminare gli studi e di viaggiare, lo avrebbe manifestato con più serenità e lo avrebbe condiviso. Un desiderio è qualcosa di intimo e personale, che nessuno può penetrare se non siamo noi a volerlo. Io ho amato Sylia. Per quanto mi sia stato realmente possibile, ero innamorato di lei. Mi piaceva il suo spirito combattivo e intraprendente, la dolcezza e la volontà ferrea, adoravo il suo intuito, molto raffinato e preciso. Ne abbiamo parlato. O meglio, io ne ho parlato, lei non ha detto nulla. Lei non ha deciso, è semplicemente sparita. Dissolta come una nuvola colorata al tramonto. Quando la serata finiva e dovevamo lasciarci, mi domandavo se l'avrei rivista, se l'uccellino del paradiso sarebbe ridisceso e avesse di nuovo bussato alla mia porta. Proprio come un uccellino fantastico lei tornò, ma a suo tempo e con le sue regole, lasciando che le mie sparissero. Tornò con il sorriso della prima volta, come se nulla fosse accaduto. Ritornò a prendersi una fetta della mia tranquillità, perché affamata dall'angoscia e dell'ansia per i suoi progetti. Venne, bevve, mangiò e ripartì, senza voltarsi indietro.

Feci un respiro profondo e mi accorsi di fissare ancora fuori. Lentamente udii anche un chiacchiericcio: lo scompartimento si stava riempendo e ciascun viaggiatore si apprestava a organizzare la propria comodità. Sei posti, come sei personaggi in cerca d'autore. Li osservai brevemente, il tempo necessario perché i ricordi si dileguassero definitivamente; quando me ne accorsi la cercai ancora sul vetro, ma troppo tardi: era volata via.

" Dove siamo? Devo già scendere?" mi domandai distrattamente.

Dolcemente come si era aperta, la porta di quel ricordo si chiuse, mentre un altro pensiero, più pragmatico, ne prendeva il posto.

Red and Gold

Eccolo il campo. Sterminato. Le spighe mi arrivavano al ginocchio, mezze verdi, come capita nel mese di maggio. Camminavo attento a dove mettere i piedi. La giacca, che tenevo piegata sotto braccio, oscillava pericolosamente; lo stesso si può dire della valigetta che dispettosa colpiva la mia rotula destra. Ad ogni passo rischiavo di cadere, ma un filo invisibile, tirato tra le spalle ed il cielo, mi sorreggeva misteriosamente. Imperversava un gran caldo: la camicia bianca era zuppa di sudore, così come la fronte. Sulla cima della collina, tra le spighe, spuntava una roccia rotonda alla cui estremità cresceva un alberello con una piccola ombra accanto. Mi sedetti a riprendere fiato. L'aria era ferma. Il cielo azzurro, senza una nuvola, vegliava su quel campo che sembrava altrettanto grande. Guardai l'ora: le dodici e un quarto, avevo ancora tempo. Posai la valigetta a terra, dalla tasca tirai fuori un fazzoletto e mi asciugai il collo e il viso madidi di sudore. Le dodici e mezzo. In lontananza mi sembrò di udire un motore che si avvicinava; mi inginocchiai e attesi. Il rumore aumentò: era una BMW nera. Passò al limitare del campo, superò un piccolo passaggio a livello e sparì per poi riapparire quasi subito a Est, a circa 150 metri dalla mia posizione. Ero fortunato: si vedeva un bel tratto di strada. La macchina avanzò piano scendendo dall'altro lato della collina e si fermò a circa metà del rettilineo, prima della seconda curva che l'avrebbe riportata sulla statale. Cominciai a prepararmi: aprii la valigetta, il mio M200 CheyTac era smontato in quattro parti che feci in fretta ad assemblare. Non ebbi timore che qualcuno mi notasse: ero sdraiato tra il grano, coperto dalla roccia. Adoro il mirino di questo fucile: mi permette di ingrandire di quasi otto volte un bersaglio, potrei perfino spezzare una sigaretta tenuta fra le labbra, a questa distanza. Dalla macchina scese un uomo con un completo scuro e occhiali neri; si guardò intorno e fece il giro dell'auto. Dal mirino lo vedevo bene: era tarchiato, zoppicava dalla gamba destra, una cicatrice sul viso a forma di freccia. Era quello schifoso di K. Pensai di fargli saltare subito la testa, così per divertimento, poichè sapevo che questo pezzo di merda andava forte con il commercio di schiavi: gente dei villaggi più poveri della Cambogia o della Cina che per fame vendevano i propri figli a loschi individui. Attesi il momento giusto. K si era acceso una sigaretta e aspettava appoggiato al cofano dell'auto.

" eccola, la sigaretta " sogghignai, ritornando sui pensieri di poco prima " la caccia promette bene ". Mi concentrai.

L'una e mezzo. Finalmente si udì un altro motore avvicinarsi da Sud, svoltò e parcheggiò di fronte alla BMW. Era un SUV bianco. Subito scesero un paio di uomini che, pistola in pugno, perlustrarono la zona. Dopo pochi secondi si avvicinarono a K. I tre iniziarono a parlare. Dai gesti si comprendeva che il mio bersaglio era rimasto nel SUV bianco, probabilmente sul sedile posteriore. Bisognava aspettare, guardai l'ora: le due. K stava ancora discutendo con la scorta, cominciavo a perdere la calma. D'un tratto lo sportello posteriore del SUV si aprì di colpo e qualcuno fu gettato fuori, un individuo dai capelli lunghi, non capivo bene perché uno della scorta mi copriva la visuale. L'altro sportello posteriore si aprì e scese un uomo grasso, con i pantaloni calati per metà, che ridendo fece il giro del SUV, si avvicinò all'altro lato e mollò un calcio alla persona a terra che gridò: capì che era una donna. La tirò in piedi per i capelli, nel mirino si vedeva bene il naso sanguinante e la camicetta strappata. Era giovane, forse asiatica. L'uomo grasso con un calcio la spedì sul ciglio della strada, lei barcollò e poi si accasciò tra il grano e l'asfalto. K continuava a discutere con la scorta, mentre il grassone si abbottonava la camicia ridendo e avvicinandosi alla ragazza. Infine eccolo, il mio bersaglio: scese dal SUV con una valigetta in mano. Era piccolo, capelli corti a spazzola, completo scuro e occhiali a specchio, sembrava un ragazzino. Salutò K sorridendo e stringendogli la mano posò la valigetta sul cofano della BMW, i due parlarono. Il grassone intanto accese una sigaretta avvicinandosi alla ragazza ancora supina sul grano. Caricai il fucile deciso a fargli saltare la testa se l'avesse toccata ancora. Invece si fermò ad un ordine del capo, il mio bersaglio, che, estratta una pistola dalla giacca, si avvicinò alla ragazza: presala per i capelli lunghi e neri le rovesciò la testa poggiandole la canna della Desert Eagle dietro la nuca. Cominciai ad agitarmi: se c'è una cosa che proprio non sopporto sono i pedofili e quelli che uccidono le donne. Presi bene la mira. L'uomo le sussurrava qualcosa all'orecchio, lei piangeva. Non sapevo che fare: in quel piccolo rettangolo di prato sostavano quattro persone armate e se avessi sparato subito al mio bersaglio gli altri sarebbero fuggiti. Se avessi sparato a K, il mio uomo sarebbe sparito e avrei fallito la missione. D'un tratto udii il rombo di un aereo, allora ricordai di trovarmi vicino a un aeroporto internazionale, la pista di atterraggio cominciava qualche centinaio di metri più in là. Mi venne un'idea. Attesi che il rumore divenisse più forte, un'ombra mi coprì, era un 747 che si apprestava ad atterrare. Il mio bersaglio per un attimo alzò la testa mentre la pancia dell'aereo gli passava sopra. Guardai l'ora: le due e dieci.

Sparai: lo presi nella tempia sinistra, la vidi esplodere e il sangue schizzare sul lunotto posteriore della BMW. Gli altri uomini non si accorsero di nulla, il rumore del jet aveva sovrastato quello dello sparo. Dovetti agire in fretta: sparai prima a K al collo, il sangue schizzò sull'uomo di scorta leggermente dietro di lui, che, preso dal panico, estrasse la pistola mentre indietreggiava urlando. Sparai di nuovo e questi cadde. L'altro uomo guardava attorno con terrore, con la pistola in pugno indietreggiava tentando di ripararsi dietro la macchina bianca.

Lo presi al ginocchio che esplose letteralmente facendolo cadere e urlare. Cercai il grassone: se la stava dando a gambe correndo lungo la strada, impacciato dai pantaloni ancora aperti che gli scivolavano giù continuamente: lo presi alla schiena, cadde immediatamente ricoprendo il suo stesso sangue. L'aereo atterrò, le gomme stridettero toccando l'asfalto e il rumore si attenuò. Le due e tredici. Non vedevo più l'uomo che avevo ferito, probabilmente era riuscito a strisciare fino al SUV. Dovetti alzarmi in piedi: lo vidi, la sua testa spuntava leggermente dietro la macchina, attesi, presi un bel respiro, bam. Il suo cervello finì sull'asfalto. Il sangue innaffiò il grano: rosso e oro, red and gold. Espulsi il caricatore con un rumore secco, il fucile era surriscaldato. L'avevo rischiata: un attimo prima o dopo e addio missione. Mi ricordai della donna, presi il binocolo dalla valigetta. Era viva, rossa di sangue non suo. Si era alzata e barcollava frastornata da tutta quella violenza, cadde più volte, come se le gambe non la reggessero. Se la sarebbe cavata prendendo una delle due auto. Smontai il fucile e lo riposi nella valigetta. Mentre tornavo sui miei passi alla Mercedes, sentii chiamare:

--- signore?... signore mi scusi.. – era una voce lontana, ma stranamente vicina. Aprii gli occhi. Ero fermo in stazione. Una signora di mezza età mi stava scuotendo con disprezzo, indicando con isterismo il posto a sedere su cui avevo allungato i piedi:

--- quel posto è mio! È prenotato! Non si vergogna lei?! –

Farfugliai delle scuse e cercai di rimettermi a sedere, ma le gambe non obbedivano. Si erano addormentate entrambe e ci vollero diversi minuti prima che cominciassero a muoversi, non senza un formicolio fastidioso. La signora, anziché mostrare pazienza, si indignò e, sbattuta la borsa sul sedile, uscì dallo scompartimento tutta rossa di rabbia strillando:

--- controllore! Controllore! ---.

Quando finalmente riuscii ad alzarmi scesi un paio di minuti dal treno, il tempo di una sigaretta.

" Di nuovo il killer.." pensai " una parte di me..".

Era una sensazione strana: mi piaceva morbosamente sognare quest'uomo, fino a ora infallibile. Il sogno era permeato da un intenso realismo, quasi fosse stata un'esperienza di una vita passata. Rientrai nel vagone.

–   Eccolo! Lo vede? È quel ragazzo che aveva i piedi sul mio posto! – la signora non si era arresa e m'indicava all'uomo in divisa alle sue spalle con una antipatia mai vista, quasi come se le avessi rubato il portafogli.

– Lei, mi faccia vedere il biglietto.. – ordinò con voce stentorea il controllore. Così feci. Questi guardò, vide che era regolarmente timbrato e con aria sdegnosa disse:

--- non sa che potrei multarla? Non si mettono i piedi sui sedili, non gliel'hanno insegnato i suoi genitori? Un po' di educazione! –

Non mi colpì la frase scontata, piuttosto il modo: era davvero arrogante.

–   mi scusi – mormorai – mi ero addormentato…abbia pazienza… sono molto stanco… –

Mi guardò con sufficienza :

– Vada, vada… --- e restituendomi il biglietto tornò sui suoi passi. Mi accorsi, quando si voltò, che sul viso aveva una cicatrice a forma di freccia. Immediatamente sbiancai. " E' K!" pensai.

La signora però non era soddisfatta: si arruffò come un tacchino e sotto lo spesso strato di fondotinta il viso divenne di un rosso acceso, gli occhi roteavanoindignati, farfugliava frasi come:

--- non c'è più rispetto… i giovani di oggi sono proprio maleducati.. –.

Mentre le passavo accanto per tornare al posto, sorrisi: ero ancora in quel campo di grano e da qualche parte là nell'universo tra realtà e sogno avevo salvato una vita. Il resto non importava.

Primo Auxilium

L'ambulanza entrò dalla rampa con la scritta "Pronto Soccorso" a sirene spiegate. Scesero velocemente due paramedici e tirarono fuori la barella. Il medico di turno, una giovane ragazza bionda, si avvicinò di corsa:

--- cosa abbiamo? – domandò al paramedico accanto alla barella in corsa verso il reparto.

--- Trauma toracico da perforazione, diverse fratture agli arti, non c'è battito, possibile trauma cranico con edema! –

--- Preparate una TAC, subito! – strillò la ragazza al suo assistente, che subito sparì eseguendo l'ordine. La barella entrò in chirurgia, sala operatoria.

--- fatemi un po' più di luce! Infermiera! – urlava il chirurgo --- guarda qui che casino… pinze! – estrasse da un solco sanguinolento un lungo pezzo di metallo appuntito.

--- adesso giratelo! Forza! Non c'è tempo da perdere! ---.

All'improvviso un bip irregolare cominciò a venir fuori da una strana macchina.

--- Cristo! – strillò il chirurgo.

--- pressione in calo! Ossigenazione al 90%! Emorragia! – disse l'infermiera.

--- lo so! Lo so! Tampone! Due sacche di sangue qui subito! –, un attimo di indecisione.

– volete muovervi, cazzo!? Così lo perdiamo! – le veloci mani di quel giovane laureato reperirono ancora pezzi di vetro e metallo da altrettante incisioni sul corpo del paziente.

--- ecco. Portatelo in terapia intensiva, voglio che sia sorvegliato 24 ore su 24! –, a voce alta il chirurgo.

La barella venne sistemata in una stanza asettica e il paziente riempito di tubi e tubicini: sembrava più una parte delle macchine a cui era collegato, piuttosto che ad un essere umano.

Il primario arrivò. Un uomo sulla quarantina, brizzolato, non molto alto. Camminava spedito tra i corridoi dell'ospedale come se avesse sempre fretta, ma dai suoi occhi si leggeva invece una grande tranquillità. Entrò in radiologia.

--- Come andiamo? – domandò cortese al radiologo. Questi gli rispose senza guardarlo:

--- il paziente della 109: frattura bimalleolare della tibia sinistra, nel torace gli abbiamo trovato un frammento grosso come una penna a sfera; frattura della settima, ottava e decima costa, frattura di frontale e grande ala dello sfenoide a destra... ---.

i due medici si guardarono:

--- c'è altro? – chiese il primario.

--- beh è solo l'inizio – il radiologo estrasse il referto e lesse: --- un'anca lussata, così come la spalla destra, frattura di due dita della mano sinistra, trauma cranico e possibile edema intradurale... --- si fermò – senza contare la serie di frammenti minori che abbiamo trovato sul viso e nell'addome... ---

--- caspita...! – esclamò il primario – --- quanti anni ha? –

--- trenta, credo – rispose il radiologo sfilandosi gli occhiali da lettura.

--- che ne dici, Guido? – chiese il primario quasi affettuosamente.

Il radiologo, ripuliti gli occhiali con aria dubbiosa, li reinforcò e arricciando il naso disse:

--- beh è stato fortunato. La scheggia metallica era a soli tre centimetri dal cuore.

Ora è in coma, ha subìto un'emorragia massiva. Per il momento è stabile. –

Il primario annuì. L'esperienza traduceva l'esposizione del collega: il paziente della 109 poteva farcela, così come morire da un momento all'altro.

" un ragazzo giovane... un incidente brutale.. " mormorò sottovoce mentre usciva dal reparto di diagnostica per entrare in quello di terapia intensiva.

Stanza 109. Il paziente era quasi del tutto bendato. Nell'ambiente si percepiva un solo, insistente bip…bip…bip… Era stabile, ma non reagiva agli stimoli.

" potrebbe svegliarsi tra due giorni così come tra un anno…" pensava il primario analizzando la cartella al fondo del letto. Rimase ad osservarlo un po': aveva un figlio di circa la stessa età e non potè fare a meno di pensare a lui.

Il primario Maurizio Eremita era il migliore del suo corso. Uomo audace e fantasioso, considerava la medicina come i bambini vedono il mondo: senza limiti. Beneficiato di una mente brillante, preparata e incredibilmente viva e sensibile, trasmetteva ai pazienti una serenità interiore che spesso lasciava sbigottiti i colleghi, divenuti cinici per la grande quantità di dolore che passa ogni giorno in un ospedale. Persino la moglie stupiva di tanta pacatezza: spesso litigava o provava a litigare col marito, ma egli, sempre con grande flemma, le faceva intendere che non ci fosse bisogno di alzare la voce o agitarsi. Tale era il suo modo di elaborare la sofferenza: guardarla da fuori. I colleghi lo giudicavano un uomo senza incertezze, invece era estremamente travagliato e sentimentale, ma abituato a non mostrare emozioni.

Rimase ancora ad osservare il paziente della 109, rapito non si sa da cosa. Infine sospirando girò su se stesso e lasciò la stanza:

--- infermiera, mi scusi..

--- Mi dica, dottore – una ragazza bruna e gracile si fermò sorridendo;

--- i parenti della 109, sono arrivati? – chiese Maurizio.

L'infermiera girò gli occhi e scosse la testa: --- veramente non saprei, io non sono di questo piano… ---

--- potrebbe farmi la cortesia di informarsi e di venire nel mio ufficio a riferire? – la voce del primario era gentile, ma ferma.

--- certo dottore – la piccola ragazza annuì e andò ad eseguire il compito.

L'ufficio di Maurizio appariva piccolo. Non lo era, ma la grande quantità di libri infilati tra scaffali, librerie e schedari rendeva lo spazio abitabile, ristretto. Al centro della stanza, sotto una finestra luminosa, era sistemata la scrivania, sempre in disordine. Uno strano silenzio permeava l'ambiente, come se tutti i libri di medicina, fisiologia, anatomia, tutti volumi letti e riletti dagli occhi di Maurizio, trattenessero il respiro. Aleggiava un'aria di sacralità, quasi fosse una cripta più che lo studio di un primario. Qui poteva calmare pensieri inquieti, piegarli e incasellarli in qualche scaffale della sua immensa biblioteca interna. Il suo guscio. Accese distrattamente il computer posizionato su un lato della scrivania. Continuava a pensare al paziente della camera 109. Non era diverso da qualche altra decina di pazienti da lui curati, alcuni molto più giovani…c'era però qualcosa di estremamente familiare in quel ragazzo, come se lo avesse già visto altrove… no, in realtà, più di così: come se un tempo fosse stato suo amico. Non riusciva a ricordare, ma la sensazione doveva essere certamente sbagliata.

La mente di un medico è davvero un luogo singolare: troviamo il cinismo più puro, fuso in qualche modo con la passione e il sentimento; l'arguzia e l'ingegno unita con la pazienza e la calma; emergono anche risentimento, rabbia, inadeguatezza, rancore, dolore e un sacco di altre caratteristiche proprie di ogni essere umano. Tuttavia per il medico è necessario creare uno scudo per isolare la propria interiorità, e proteggere l'esterno da quello che si porta dentro. Succede ad un certo punto della vita del medico di dover affrontare una crisi: decidere come gestire i pazienti e in che modo traghettarli sulla sponda della salute. Deve sapersi isolare in qualunque momento per formulare una diagnosi senza subire influenza interna o esterna. Non è un lavoro facile. Occorre pazienza e amore per la vita in generale ed essere sensibili e altruisti, ma non troppo. Maurizio possedeva tutte queste qualità.

Il paziente 109 gli rammentò la crisi di inizio professione. Avvenne in gioventù, a venticinque, ventisei anni. Ricordava la ragazza, non il nome in quel momento. Fu una relazione turbolenta: lui medico di turno all'ospedale come tirocinante e con orari pazzeschi, lei, sola e senza amici, ad aspettarlo a casa. Fu facile dopo poco tempo divenire ansiosa e apprensiva. Ricordò una discussione in particolare in cui lei, gelosissima, voleva sapere come lui si approcciasse alle pazienti donne, se le toccasse o se provasse attrazione per loro. Rispondeva ridendo, perché trovava la sua paura davvero immotivata, ma lei si infuriava, arrivando spesso alle lacrime, senza comprendere. Fu lì che Maurizio capì che i pazienti, la dedizione per loro e la voglia di accudirli, facevano parte di se stesso. Così la lasciò. Certo amava quella ragazza, ma in cuor suo non fu mai pentito: essere un medico coscienzioso e onesto lo appagava ampiamente. Nulla di più. Il paziente della 109 gli ricordava, chissà perché, quella scelta.

Squillò il telefono.

– sì? – rispose Maurizio dopo un paio di squilli;

--- dottore, sono arrivati i parenti del paziente 109 in coma –

--- grazie signorina, arrivo subito. – si alzò, prese un paio di cartelle cliniche con gli esami e sospirando uscì dal suo ufficio.

Aditus ad Templum

Era notte. Viaggiare in treno di notte è assai strano: le luci al neon, di cui ne funziona una su due, rendono lo scenario squallido, così come i colori delle poltrone o della moquette che variano da un grigio spento ad un azzurro pallido. I finestrini sono tanto neri da non capire se il treno è fermo o effettivamente in movimento. Solo il rumore incessante e il dondolio danno una flebile certezza di moto, ma il dubbio rimane. Da ragazzo, quando studiavo filosofia, rimasi affascinato dalle teorie di un filosofo inglese, un empirista, Hume. Egli affermava che la realtà smette di esistere una volta che non viene più percepita dai nostri sensi, poiché non osservabile direttamente. Quindi, se mi trovo su un treno in movimento, l'esterno, se non è da me osservabile, smette di esistere. Questo mi viene in mente ogni volta che salgo su di un treno di notte: sono sicuro che effettivamente si muova? Se mi trovassi in realtà in un hangar, dentro un vagone fermo, come in una cabina di simulazione in cui tutto sembra reale ma non lo è, sarebbe diverso? Ho fantasticato diverse volte sulla distanza e sul tempo: chi garantisce che realmente da Torino a Venezia occorrono cinque ore di treno e circa seicento chilometri da percorrere? Se fosse tutto un trucco? Se il passeggero, una volta pagato il biglietto prendesse un treno che in realtà non si muove che di poche centinaia di metri e che quindi Torino è davvero accanto a Venezia? Se la geografia fosse inventata? Se fossimo tutti ingannati dall'illusione, mentre in realtà non ci spostiamo e il tempo non scivola via inesorabile?

Niente da fare, ogni volta in treno di notte mi rivolgo mentalmente queste domande e, quasi per divertirmi, cerco le falle del sistema:

" quel lampione non esisteva… o sì? Quella casa non è mai stata illuminata!" analizzo minuziosamente come se fossi in una sorta di Matrix.

Stavo seduto stravaccato su di un sedile a caso in uno scompartimento qualunque a fissare fuori dal finestrino il nulla. Buio. Ero stanco.

Trascorro talmente tanto tempo in viaggio che non mi sembra nemmeno di scendere dai treni o di salirvi, ricordo solo di sedili, corridoi e scompartimenti, ma fatico a rammentare una stazione, un binario o una città.

L'ora sul cellulare indicava: 00:00. Mezzanotte esatta, ancora tre ore di viaggio.

Decisi di addormentarmi.

Fu una frenata brusca a svegliarmi. Ormai speravo di essere quasi arrivato, guardai fuori: nulla. Buio. Distrattamente presi il telefono e verificai quanto avessi dormito: 00:00. Mi fregai gli occhi e guardai di nuovo: mezzanotte precisa.

"Non è possibile! Non è passato nemmeno un minuto?" pensai con una certa agitazione.

Mi alzai e uscii dallo scompartimento con l'intenzione di trovare qualcuno per chiedere informazioni. Percorsi tutto il corridoio guardando tra i vetri se ci fosse un viaggiatore o un uomo in divisa. Il vagone era vuoto. Non potevo credere. Feci il giro un'altra volta. Idem. Il treno ripartì e non so perché, mi tranquillizzai:

" bisognerà pure che arrivi da qualche parte, prima o poi…" .

Decisi di riprovare a dormire: sedetti al mio posto, lo riconobbi dal numero 13 che stava sopra il sedile. Mi è sempre piaciuto il numero 13. Al contrario di quello che pensa la gente, credo sia un numero molto fortunato.

Il sonno faticava ad arrivare: era leggero e confuso, il peso delle palpebre insufficiente e mi irritava il pensiero di non raggiungere il mio scopo. Alla fine ci riuscii.

La tunica rossa mi intralciava il cammino, era nuova e lunga e certe volte si infilava dispettosa sotto i sandali. Mancava ancora un giorno per arrivare al Tempio. La montagna saliva decisa con pietraie infinite di massi bianchi e polverosi, il sole era forte e la luce insopportabile. Verso sera giunsi ad una radura, il sentiero ora si snodava dolce portandomi in un piccolo bosco di conifere, tutte piccoline, non più alte di me. Benedissi gli dei per la grazia di questo luogo che sembrava fatto apposta per dare sollievo e riposo, e forse anche della preziosa acqua fresca. Mi avventurai tra le piante fino ad un lato scosceso della collina: qui la pietraia correva a valle, guardai giù. Più avanti trovai un accogliente prato all'ombra, decisi di prepararmi per la notte quando sentii un rumore di passi. Tesi l'orecchio: qualcosa o qualcuno si stava avvicinando furtivo, forse un animale o un fratello del mio ordine. Rimasi in attesa. Era già sera e il sole tramontava dietro l'alta vetta del monte ad ovest, l'ombra avanzava verso di me, sentii freddo. I passi si avvicinavano e poco dopo, sull'angolo del sentiero, comparve un bambino di quattro o cinque anni. Notai sorpreso che era nudo e tutto sporco di terra, tentava di mantenersi diritto ma inciampava e cadeva in avanti, poi si alzava, puliva il naso e ricominciava a camminare. Non si accorse di me, voltava continuamente la testa come se qualcuno lo seguisse. Era biondo come il grano e i capelli sporchi gli coprivano la fronte. Mi fece un'immensa tenerezza, così gli andai incontro: quando mi vide sussultò e con un gridolino scappò dietro il tronco di un alberello a nascondersi.

--- Non aver paura… --- dissi sorridendo, ma il bimbo non si mosse.

–   Guarda cosa ho per te… --- aggiunsi ed estrassi dalla tasca il rosario di semi di palma e lo feci tintinnare in mano.
Il suono lo incuriosì, si staccò dal tronco e fece due passi sull'erba. Mi inginocchiai e glielo porsi. Notai che i suoi piedini erano coperti di tagli e piaghe, ma lui non vi badava: pareva nato per essere selvaggio.

–   come ti chiami? – domandai.

Il bambino mi guardò con sospetto poi si indicò il petto e disse: --- io…Ioio.. –.
Presi il mantello e lo avvolsi per scaldarlo. Ioio quasi non se ne accorse così intento com'era a giocare col rosario, a far roteare i semi, a osservare con curiosità i loro differenti colori. Per fortuna, nella sacca appesa alla cintura, avevo del pane donato da mia madre per il viaggio; ne spezzai una metà, porgendola al bambino.

--- Hai fame? – chiesi sorridendo.
Drizzò la testa, si avvicinò, prese delicatamente il pane, lo portò al naso per sentirne il profumo, restò un attimo come in meditazione e poi, repentino, lo infilò tutto in bocca. Sorrisi. Era buffo con quel lenzuolo porpora sulla testa, ma era ancora sporco, così decisi di cercare dell'acqua. In un angolo tra il boschetto e il

fianco della montagna gorgogliava una piccola sorgente. Raccolsi un po' d'acqua nella ciotola e la portai a Ioio che bevve subito avidamente; poi bagnai l'angolo del mantello e cominciai a lavargli la faccia e le orecchie: storceva il naso e faceva dispetti, ridendo. Dopo averlo pulito per bene mi accinsi ad accendere un fuoco, tirai fuori la pietra focaia e dopo qualche ora ci scaldavamo contenti di fronte ad una fiamma vivace, contrastando il buio e il freddo della montagna. Il piccolo Ioio si sedette vicino a me in silenzio e quando chiesi cosa gli fosse successo mi guardò con occhi grandi e tirò su le spalle come se non ricordasse nulla.

–Perché sei da solo nel bosco? Dove sono i tuoi genitori? – domandai insistente.

– Ioio non sa… Ioio da solo… ---, un'ombra di tristezza gli attraversò il viso e allora decisi di non insistere con le domande. Dopo aver mangiato e bevuto il doppio di un adulto si addormentò di botto nel mio mantello accanto al fuoco. Dormiva teneramente, con la bocca semiaperta; mi coricai vicino a lui. Fu una notte insonne: il piccolo tirava calci a più non posso oppure si arrotolava nel mantello con una tale convinzione da non riuscire più a districarsi. Infine arrivò il sole. Mi tirai su e mi sgranchii le ossa. Normalmente dopo una notte passata così sarei stato di pessimo umore, invece non riuscivo a smettere di sorridere: il candore dei bambini è davvero la prova che esiste la bontà nel cuore dell'uomo.

– Ioio! – chiamai con dolcezza – coraggio, è ora di alzarsi… ---.
Nessuna risposta. Mi avvicinai al mantello tutto ammucchiato, provai a scuoterlo e mi accorsi che era vuoto: il mio rosario era lì, la ciotola pure, ma Ioio era sparito. Preso dal panico guardai ovunque, tra le piante e sotto le rocce, sempre chiamando il suo nome. Tornai inutilmente indietro sul sentiero nella speranza di vederlo. Cominciai ad avere paura.
" forse il piccolo nella notte si è alzato ed è piombato giù dal dirupo…", pazzo di terrore mi accostai sul ciglio:
--- Ioio! Ioiooo!! – urlai con tutto il fiato. Niente. Solo il vento e l'eco della mia voce rispondevano. Cercai di guardare giù se avessi notato il suo corpicino, ma vidi solo pietre.

Il Tempio era vicino, avrei potuto avvertire i monaci e farmi aiutare nelle ricerche. Senza attendere un solo secondo, raccolsi il sacco e corsi sull'altro lato della radura dove trovai il sentiero che ricominciava a salire. Il percorso si presentava quasi verticale, il terreno, friabile e scivoloso ad ogni passo, mi obbligava ad una doppia fatica. Non potevo fermarmi, Ioio era in pericolo. La stanchezza mi stava uccidendo, avevo il fiatone, era freddo e mancava l'aria per via dell'altitudine, ma continuavo a pensare al bambino, alla sua immensa tenerezza…

" no, non posso mollare" ripetevo come una preghiera, correndo.

Finalmente la sagoma del Tempio apparve contro cielo, lassù a poche centinaia di metri. Ricordo che mio padre mi raccontava spesso di quella salita, che lui aveva percorso in pellegrinaggio:

--- Aahh, Aysiatha, quella salita è davvero terribile, sei molto in alto ed è bene percorrerla adagio, passo dopo passo, per non crollare al suolo.. --- .

Io la feci di corsa perché il mio unico pensiero era Ioio. Giunsi al Tempio e tirai la corda della campana. Attesi. Spazientito battei alla porta più e più volte, cercai di urlare, ma non avevo aria nei polmoni: d'un tratto la porta si schiuse e un monaco si affacciò. Lo afferrai per la tunica e lo scossi sgarbatamente, provai a parlare, ma svenni stremato.

Mampapà

La sala d'aspetto era bianca come il resto dell'edificio, una stanza illuminata da due grandi finestre che si aprivano su un parcheggio soleggiato: era estate. La coppia attendeva. Lui, un signore alto dalle spalle larghe, passeggiava nervosamente su e giù con le mani dietro la schiena, l'una dentro l'altra; faceva sempre così quando si trovava in un posto nuovo. Lei, una donna sulla sessantina, sedeva in un angolo con le gambe incrociate, leggermente curvata in avanti; anche le mani erano l'una dentro l'altra, abbandonate sulle ginocchia e i grandi occhi verdi trasmettevano apprensione e tristezza. Il viso, incorniciato dai segni del tempo che non ne alteravano la bellezza austera, era sopravvissuto all'insonnia dal giorno della notizia. Respirava flebilmente guardando continuamente la porta a vetri che dava sul reparto. Sposati da più di quarant'anni, avevano avuto tre figli, uno dei quali, il più piccolo, dormiva in questo ospedale.

Il cuore di mamma e papà è davvero la cosa più fragile al mondo quando ci sono di mezzo i figli. Il pargoletto, che zampetta per casa con il sedere grosso per il pannolino curioso di tutto e sempre in movimento, ahimè cresce, impara e soffre. Mampapà sono sempre lì a guidarlo, anche se poi iniziano le discussioni, le incomprensioni, le accuse, i pianti e le sfuriate, tutto indirizzato ad un unico scopo: la crescita nella vita. I genitori lo sanno. L'hanno sempre saputo e, come noi figli, annaspano. Dopotutto sono stati figli anche loro. La fragilità di questo sistema si ripercuote nel tempo come il ritmo di un tamburo nella foresta: il testimone del saper vivere passa di mano in mano e continuerà ad andare avanti scandendo la notte dal giorno. Dio ha messo nelle mani dell'Uomo un meccanismo fragile ma indispensabile per la sua evoluzione.

Non a questo Riccardo e Susanna pensavano quel giorno. La loro angoscia era pari alla sopportazione: non crollavano solo perché avevano imparato a reggere quelle giornate disperate e con flebili speranze. L'esperienza li aveva resi pazienti fuori e infuocati dentro. Uno in piedi curiosava, osservava quadri e riviste con lo sguardo di chi ha il potere di lasciare questo mondo quando diventa insopportabile; l'altra seduta a reggere il peso della tragedia anche per suo marito. Erano lì da una ventina di minuti, quando entrò Maurizio:

--- Buongiorno signori Salini, sono il dottor Eremita. – disse stringendo la mano a Riccardo e Susanna, che risposero con un timido "buongiorno".

– beh signori, cominciamo? – riprese sorridendo Maurizio con un'occhiata che abbracciava tutti e due. --- vostro figlio, rimasto coinvolto in questo assurdo incidente ferroviario, ha riportato danni a torace, cranio e gambe, più tutta una serie di contusioni… ---

Quando alzò gli occhi si fermò. Susanna aveva un sorriso tirato e gli occhi lucidi:

--- povera gioia… --- sussurrò.

Riccardo si fregava le mani ammutolito nel suo grande spazio interiore in cui le emozioni erano incasellate e ordinate con giudizio, senso del dovere ma soprattutto una gran fede in Dio. Non disse nulla. Maurizio si vide costretto a completare la diagnosi:

--- è stabile, le condizioni non indicano un pericolo di vita imminente, ma è in coma. Non rimane che attendere e vedere come andrà… signori Salini, farò tutto il possibile per vostro figlio… – breve pausa ---…. ora per noi il paziente 109 ---, quasi a scusarsi .

Riccardo ascoltava e alla parola "coma" sbiancò, come se d'un tratto tutto il suo sangue fosse evaporato.

– Possiamo vederlo..? – domandò.

Maurizio strinse le labbra le une sulle altre e fece cenno di no con la testa:

– è appena stato operato, abbiamo estratto una scheggia di metallo dal pericardio e altri frammenti da tutto il corpo. –

Susanna, donna incredibilmente reattiva alle emozioni, piangeva. Come quelle piccole spugne che se bagnate diventano grandi come il palmo della mano, assorbiva tutte le vibrazioni che le circolavano attorno. L'empatia di Susanna aveva qualcosa di miracoloso: era in grado di percepire un sentimento nella sua interezza e spesso il cuore non reggeva e piangeva per gioia, amarezza, rabbia. Era l'unico modo da lei conosciuto di partecipare alle emozioni proprie e altrui.

Maurizio sospirò:

--- temo che per vederlo dobbiate aspettare qualche giorno, il tempo che esca dalla terapia intensiva… sono spiacente – disse appoggiandosi allo schienale della sedia.

I due genitori si guardarono per un secondo. Riccardo parlò:

--- non c'è nulla che possiamo fare? Vorremmo stare vicino a nostro figlio.. – dicendo questo circondò con un braccio le spalle della moglie. Susanna non riusciva a smettere di piangere.

Maurizio si alzò in piedi, cominciava a sentire una pesante angoscia e non voleva farne parte, doveva restarne fuori.

--- Sono sicuro che vostro figlio lotterà, ne sono convinto. Dovrete stargli vicino, tutta la famiglia. Ora perdonatemi, devo andare… --- e porse un biglietto da visita a Riccardo concludendo: --- per voi sono reperibile a qualunque ora. –

I tre si strinsero la mano e Maurizio, preso congedo, si allontanò rapidamente, non per visitare altri pazienti, ma per evitare di venire coinvolto da queste scene di amore filiale. Lo era sempre stato anche da piccolo: bastava una pubblicità o una storia con un padre e un figlio e lui si emozionava. Per un medico questo poteva rappresentare un problema, specie nei rapporti con i familiari dei pazienti, tuttavia Maurizio si era sempre eclissato prima che una sola lacrima cadesse. Questa volta no. Ora stava nel suo ufficio sdraiato sul pavimento in preda ad una colica renale, a chiedersi il perché di tutto ciò. Era la stessa domanda di Susanna e Riccardo.

Già, perché?

Aysiatha

Mi svegliai. Vedevo il soffitto: grandi travi rosse delimitavano cassettoni in legno, con fiori di loto scolpiti dorati e neri. Sentivo un vociare di gente, capii di essere in una grande sala.

" Sono al Tempio…" pensai e cercai di alzare la testa, ma una voce dolce mi disse:

--- rimani disteso Aysiatha… ---

Non vedevo la sorgente di quelle parole, poi qualcuno si avvicinò al campo visivo: era mio zio Manduali. Fratello più giovane di mio padre, che preferiva fare il contadino, aveva intrapreso la via della religione, dello spirito e della ricerca interiore. Entrato in monastero alla mia età circa, sessant'anni dopo era ancora lì, sempre con la stessa energia. Mi sorrideva e mi dava colpetti sul petto affettuosamente:

--- sono molto contento di vederti! – disse calorosamente --- certo, sei arrivato qui in modo piuttosto… singolare – e quest'ultima parola uscì sottovoce dalle sue labbra, quasi come si vergognasse ad averlo notato:

--- ora però pensa a riposare, d'accordo? – suggerì affettuosamente carezzandomi la testa.

Ci volle qualche giorno perché potessi tornare a reggermi sulle gambe, ma in poco tempo ripresi le forze. Passeggiavo con lo zio nel chiostro ed egli confidò che avevo suscitato diverso trambusto il giorno del mio arrivo:

--- per aver aggredito il monaco alla porta… certo da parte tua involontariamente.. –.

Era strano vederlo così: in genere un uomo affettuoso e sorridente, mostrava ora un volto solcato da rughe di preoccupazione. C'è da dire che lo zio, intercedendo per me, si era reso garante della mia serietà nel seguire la vita monastica e quindi sentiva la responsabilità di qualsiasi mio comportamento agli occhi dei suoi superiori.

--- Ci sono delle persone che vorrebbero parlarti… ricorda i precetti fondamentali, soprattutto non mentire mai, tanto si verrebbe a scoprire la verità. –

Mi suscitava paura lo zio quando parlava così. Ero teso.

Essendo ancora un novizio, era necessario che fossi guidato da un monaco più anziano, che era appunto lo zio. Mi insegnarono che in monastero non esiste chi comanda, tuttavia il Thera potrebbe essere considerato come il capo, poiché è non solo il monaco più anziano del Tempio, ma soprattutto di grande spiritualità e saggezza. Circa una volta l'anno, un monaco deve pubblicamente fare una confessione, ammettendo le proprie mancanze. Questa volta il Thera voleva parlarmi da solo sotto l'albero del bodhi.

Lo incontrai il mattino seguente. Dopo aver pregato insieme mi chiese di accompagnarlo per un tratto attorno al gigantesco albero di ficus.

--- Mio caro Aysiatha! Hai forse dimenticato i tuoi compiti di monaco? – cominciò a domandarmi il saggio Thera, uomo gracile e curvo, molto anziano, che possedeva nelle parole un sorprendente vigore giovanile e autorevole. Arrossii. Non sapevo che dire.

--- ebbene..? – incalzò questi sorridendo mite: ero certo che fosse a conoscenza dell'accaduto, ma decisi comunque di liberare la mente. Gli raccontai di Ioio e delle terribili condizioni in cui lo avevo trovato, dissi di averlo accudito e della sua strana sparizione nella notte; nel ripensarci mi venne un nodo in gola e mi arrestai. Egli si fermò, sembrava colpito dal racconto e rimase a guardarmi piangere come qualcuno che vede le lacrime per la prima volta: la sua espressione era corrugata e stupita, i suoi occhi neri si erano fatti piccoli piccoli.

– avrei potuto salvarlo! – continuai tra i singhiozzi – avrei potuto fare di più, vegliare su di lui nella notte, proteggerlo… ---

Piangevo così forte che mi aggredirono i crampi alla pancia e le gambe cedettero facendomi cadere in ginocchio. Tra le lacrime guardavo l'albero di bodhi grande e verde e per la prima volta in vita mia provai astio verso il Buddha. Forse intuendo questo peccato mortale, il Thera si chinò scuotendomi con violenza:

--- il dolore è come il fango: se non lotti, annegherai in esso. – affermò risoluto, poi riprese --- è interessante il tuo racconto Aysiatha, davvero interessante… in realtà ti avevo fatto chiamare per il tuo atto di insofferenza nei confronti del monaco guardiano, quello che ti aprì la porta il giorno che tu arrivasti, ma ora che conosco la tua storia il mio cuore si rasserena.. – sorrise dolcemente.

Io rimasi a terra.

– Maestro! Ho permesso che un bambino morisse! Non sono degno di questa veste, né della vostra compassione! – , disperato.

--- io non credo che tu sia responsabile… --- rispose il Thera --- credo piuttosto che tu abbia ritrovato qualcosa di importante… vediamo… ---

Il vecchio sedette accanto a me, con le spalle al grande albero a pensare ad occhi chiusi. Dopo un tempo che mi parve eterno, domandò:

--- come ti chiamavi da piccolo? –

Non sapevo assolutamente cosa intendesse dire, ma ci riflettei comunque.

--- non saprei, Maestro, non ricordo… ---. Aprì gli occhi sorrise:

--- fai uno sforzo… quando ti osservavi allo specchio, indicandoti il petto, quale parola usciva dalle tue labbra? ---

Pensai a fondo.

--- …Io..io…? – ripetei più volte dapprima dubbioso poi sempre con maggiore convinzione: --- è vero, davanti allo specchio mi indicavo il mento e gridavo orgoglioso…Io..io ..Ioio… e quando papà e mamma chiedevano divertiti come mi chiamassi, mi battevo il petto e tutto orgoglioso declamavo.. Io! Io! Ioio!---

Il Maestro sorrise. Allora mi ripresi e domandai dubbioso :

– ma allora, cosa significa tutto ciò? Perché questa sofferenza? –

--- io credo, mio dolce Aysiatha, che tu abbia conosciuto e ritrovato il piccolo Ioio, il giovane te stesso da tempo abbandonato solo sulle pendici del monte della vita. Hai ritrovato il piccolo Buddha che è dentro ciascuno di noi, gli hai dimostrato compassione, amore e affetto. Hai dimostrato a te stesso che sei e puoi essere un monaco buono e ligio ai propri doveri e desideri.---

--- davvero non capisco come sia potuto succedere… come ho fatto a dimenticare?---

--- Sei cresciuto Aysiatha, con la tenerezza che è propria delle cose che crescono. Tu l'hai accolta non secondo le regole di questo ordine, ma secondo le tue che si sono rivelate ben più preziose e importanti. Il cuore ti ha guidato e ti sei fatto trasportare senza opporre resistenza. Sei stato umile –

--- Ma allora se davvero è così, perché Ioio non mi ha accompagnato fino al Tempio? Perché mi ha fatto credere di essere morto? Perché è sparito? – chiesi io impaziente con gli occhi ancora lucidi.

--- perché… --- rispose il Thera facendo un bel respiro profondo – noi uomini ci rendiamo conto dell'importanza solo di ciò che perdiamo e quando per un fortunato destino lo ritroviamo vorremmo tenerlo con noi per sempre. Ma dobbiamo crescere. Riconosciamo ed amiamo il bambino che era ed è in noi, poi lasciamolo correre libero per seguire la nostra strada ---.

Mentre parlava, tenevo la testa china, le sue parole mi entravano nel corpo come la pioggia nei torrenti, mi possedevano, mi nutrivano: annuivo, rapito. Alzai la testa, volevo dire qualcosa al Maestro, quando dietro di lui vidi, tra le contorte radici dell'albero del Buddha, il corpicino nudo e la testa bionda che ben conoscevo: il bimbo si arrampicava sull'albero, si fermò, mi guardò e con la mano tracciò un affettuoso cenno di saluto.

Il Maestro, dall'alto della sua sensibilità e spiritualità, intuì cosa stavano ammirando miei occhi e rise fragorosamente.

Io invece piangevo, questa volta di gioia.

Consilium et Illusio

Camera 109. C'è un gran silenzio. È molto importante il silenzio per i pazienti comatosi. Negli ospedali oggi spiegano che il paziente in coma è chiuso in se stesso, ha bisogno di calma e di raccoglimento. E' come dire allo studente di medicina che il paziente sta pregando e non deve essere disturbato.

--- Pregando? Il paziente prega? Chi prega? Dio? Perché, esiste Dio? –

Una volta, un medico avrebbe reagito così, ora invece i fatti e l'evidenza di questo stato nonché le innumerevoli prove cliniche, i casi eclatanti e le innovazioni scientifiche, hanno portato il caro medico a dire: sì, ha bisogno di raccoglimento. Non si sapeva già prima? Non era noto che l'uomo come essere vivente ha bisogno di attimi di raccoglimento? Quando è nata la concezione che la fretta è sintomo di salute?

Il paziente 109 era in raccoglimento, chissà dove. Si era concesso una vacanza da tutto e tutti. Invece parenti, amici, confidenti, conoscenti, perfetti sconosciuti lo vorrebbero lì con loro, vigile e sveglio. Che insolenza! Non vedete che prega? Cosa pretendete ancora?

In sostanza, occorre pazienza, come sempre. Questo innervosisce i parenti, gli amici e tutti gli altri e spaventa il paziente 109: il saper attendere è sicuramente una delle chiavi d'oro della vita.

Maurizio viveva sotto stress da diverse settimane. Alcune vittime dell'incidente, poche decine, erano già state dimesse dall'ospedale. Si erano affrontate fratture serie, un paio di amputazioni, una mezza dozzina di ustioni e purtroppo qualche decesso sotto i ferri. Capita. La mente vulcanica di Maurizio analizzava tutto mentre camminava per i corridoi, entrando e uscendo dal suo ufficio decine di volte.

" Maledetto incidente…" pensava " siamo l'unico ospedale in zona, e guarda che razza di situazione!" .

Doveva gestire tutto: dalle cartelle dei pazienti, ai turni delle infermiere e dei chirurghi, era estate ed il personale limitato. Quella settimana tornarono a casa i pazienti della camera 112, la 123, la 245 e la 322, cioè un bypass gastrico complicato da una polmonite, una lacerazione della milza con complicazioni, frattura di scapola e clavicola con perforazione addominale e una frattura del femore e tibia. Restava ancora occupata naturalmente la 109. Maurizio vedeva l'ospedale come un alveare, un insieme di cellule per un unico scopo. Perfino il dolore o la gioia dei visitatori, in qualche modo, facevano vivere quel posto e i suoi abitanti.

Da tempo Maurizio non visitava il 109, ma ne era comunque quotidianamente informato: giaceva in coma carus, cioè profondo, assolutamente non autosufficiente ma tutto sommato stabile, senza particolari eventi importanti dal punto di vista clinico. In realtà un paziente comatoso rappresenta un bel problema: è collegato a macchine per il supporto vitale, che lo aiutano a respirare e, secondo i casi, aiutano anche il sangue a circolare; è nutrito con un sondino che dal naso va nello stomaco o con flebo. È cateterizzato in diversi punti del corpo, porta il pannolone e va incontro a piaghe da decubito: vuol dire che ogni tre ore deve essere voltato da un fianco all'altro.

Gli dispiaceva non aver trovato il tempo per lui, il 109. Così una sera, erano circa le ventidue, andò nella sua camera. Entrò e si avvicinò al letto: il paziente non aveva più la faccia bendata. Sembrava pacifico, un bel ragazzo. Lesse la cartella con occhi stanchi tenendo gli occhiali in mano e fissando il foglio attentamente. Sentì un rumore, come un movimento, si rimise gli occhiali in fretta, fissò il ragazzo ma non accadde nulla. Passarono cinque minuti, ma niente, solo il ronzio delle macchine. Maurizio tirò su le spalle e tolti nuovamente gli occhiali si reimmerse nella lettura. Di nuovo. Questa volta lo vide: il paziente aveva scatti paurosi in tutto il corpo come se fosse percorso da una scarica elettrica: una crisi epilettica. Maurizio si allarmò:

--- infermiera! – chiamò, mentre il paziente cercava di strapparsi i tubi. Era surreale: aveva gli occhi chiusi e si muoveva come una marionetta, agitata da fili manovrati da un dispettoso Mangiafuoco.

– Infermiera, per la miseria! – alzò il tono Maurizio, mentre cercava di tenere appoggiato al letto il corpo del paziente che tirava calci e pugni. Intanto tutti gli apparecchi cominciarono a suonare rendendo la situazione da surreale e grottesca a drammatica. L'infermiera arrivò.

--- presto, un calmante! – ordinò Maurizio, ma era inutile perché la ragazza veniva già verso il letto con la siringa in mano, che infilò nella flebo e dopo qualche secondo il silenzio tornò gradualmente. Dopo averlo esaminato e riallacciati i cateteri che aveva strappato, il 109 fu girato su un fianco e un'infermiera gli spalmò la schiena di crema. Maurizio, attento a controllare che tutto fosse eseguito per filo e per segno, vide che il 109 mostrava uno strano tatuaggio sulla schiena. Una sorta di monte sulla cui cima stava un isolato monastero dai colori vivaci: bianchi, rossi e gialli; dalla cima del monte si snodava una strada che finiva in basso tra le lombari del paziente. La strada era disegnata accuratamente, così come tutto il resto.

--- che curioso tatuaggio.. – mormorò Maurizio. Mentre lo osservava accadde un fatto strano: gli parve di vedere una figura risalire la strada disegnata nel tatuaggio… era un uomo, cioè il disegno di un piccolo uomo con una tunica rossa. Maurizio si fregò gli occhi e si avvicinò: esisteva proprio sulla schiena del 109 un tatuaggio in movimento. L'omino in rosso stava percorrendo la strada verso il monastero, compariva e scompariva regolarmente, ma avanzava! Maurizio gridò e l'infermiera che stava ritirando la crema gridò anch'essa:

--- che spavento dottore! Che succede? – lo guardò allarmata.

--- Ma come…? Non vede, la schiena! Il tatuaggio! Non lo vede?! – rispose Maurizio indicando con la mano tesa il disegno sulla pelle.

--- Ah capisco! Le piace questo genere di cose? Io non vado matta per i tatuaggi…

--- l'infermiera sorrise, sembrava non avesse visto nulla.

– Signorina! Mi prende in giro!? Il tatuaggio si muove! Dica che lo vede! – .

l'infermiera si voltò e lo guardò con un' espressione sbigottita:

--- come…? Non vedo nulla…–

Maurizio era impallidito, con la mano ancora tesa a indicare il punto dove lui vedeva un uomo, non più grande di un tappo di bottiglia, che saliva la strada del tatuaggio.

‒ Nulla signorina… --- si riprese Maurizio scuotendo il viso – vada pure, finisco io---

--- ma dottore io… ---

--- Vada, vada grazie –

L'infermiera lasciò la stanza, Maurizio afferrò una sedia, girò la lampada illuminando la schiena del 109 e rimase ad osservare da vicino: l'omino con la tunica rossa camminava di spalle, rasato come un monaco, dapprima grande all'inizio della strada, poi sempre più piccolo man mano che si avvicinava alla cima del monte. Giunto al monastero sparì oltre il portone del piccolo edificio che, per un attimo, divenne brillante. Il primario era sbigottito e passò la mano sulla pelle del paziente: nulla di strano, un normale tatuaggio. Coprì il paziente con calma controllata e uscì dalla stanza, ancora sconvolto.

– è la stanchezza, è sicuramente la stanchezza… --- borbottava tra sé chiudendosi a chiave nell'ufficio.

Nescio Scire

Maurizio non chiuse occhio per tutta la notte. Si agitava, smaniava, si contorceva, tanto che sua moglie, verso le quattro, si alzò brontolando e si trasferì in salotto sul divano. Niente da fare per lui, aveva già preso due camomille, qualche goccia di Lexotan ma ancora non riusciva ad addormentarsi. Il bello è che non conosceva il motivo preciso. Perché non dormiva? Per il paziente 109 e quello che aveva visto sulla sua schiena?

" ne ho viste ben di peggio nella mia carriera di medico!" pensava orgoglioso " non sarà certo un banale gioco di luce a farmi perdere il sonno!" e scuoteva le coperte nervosamente. A quanto pare, invece, sembrava proprio così: un primario di un grande ospedale perdeva il sonno per un banale gioco di luci. Che disdetta. Maurizio non riusciva ad addormentarsi, diventava nervoso e si agitava sempre più: una sorta di circolo vizioso dell'insonnia.

Un'amica dei miei genitori, che conobbi anni addietro, raccontò che il sonno è molto delicato: esattamente come una bella donna, deve essere corteggiato senza fargli capire che lo desideriamo, che vogliamo stare con lui. Deve essere raggirato: la donna---sonno va ammaliata con la nostra pazienza, con i nostri pensieri dolci. Certo, è tutt'altro che facile: spesso domina il nervosismo, qualcosa di indefinito là al centro del cervello: è sottile e impalpabile come un fumo e più ci si affanna a inseguirlo, più questo vola alto, lontano dalle nostre mani, poi, quando veramente gettiamo la spugna, in men che non si dica stiamo già dormendo.

Maurizio, quella notte, non catturò questa fortuna: scese dal letto a baldacchino spostando le tende e sbuffando. Aveva costruito lui quel letto, suo padre era un falegname e una delle prime passioni del piccolo Maurizio fu appunto il legno, poi divenne la carne, come un piccolo Pinocchio. Mentre proseguiva gli studi si costruiva mobili, scaffali, piccoli oggetti da tenere accanto a sé, di rara semplicità, ma funzionali e in qualche modo moderni. Nella sua casa, oltre al letto, Maurizio aveva costruito lo scrittoio nell'angolo sotto la finestra e il cassettone, di spalle allo specchio dell'Ottocento. Sentiva prepotente il bisogno di colonizzare l'ambiente dove viveva: come se fosse portato a lasciare tracce del suo passaggio, per poter entrare in una stanza, guardarsi attorno, e dire: è opera mia. È un po' come se Dio, nel creare il mondo, per paura di dimenticare chi davvero Egli è, avesse nascosto delle sue firme sotto i monti o in fondo ai laghi, per tornare in futuro e riconoscere la propria mano.

L'altra grande passione di Maurizio erano i libri: ne aveva a centinaia. Attraversata la stanza da letto, passò accanto al bagno e si infilò nello studio: dominava una grande libreria a scaffali, sistemati gli uni sugli altri, tutti ripieni di libri grandi e piccoli: tomi di medicina, di psicologia, testi di Jung e Freud, libri di filosofia di Spinoza, Aristotele e Platone, libri di neurologia applicata, fisiologia, botanica, miologia, scienze radiologiche, microbiologia e tanti altri testi là in alto, tutti minuziosamente divisi e incasellati. Reclamavano la loro visibilità anche libri di cucina, di arte, raccolte di disegni antichi, album di foto in bianco e nero, pile di fogli e quaderni rilegati. Maurizio era un gran disordinato, bastava osservare la scrivania: cacciaviti, chiavi, un metro pieghevole, lampade antiche non funzionanti, biglietti di treno e di aereo usati, lo schermo di un pc che non si accendeva, bollette ed estratti conto, penne e calamai, fogli con appunti, post---it appiccicati ovunque e scritti con una calligrafia che solo lui riusciva a decifrare. Mauri non si perdeva in quella valanga, con calma maniacale sapeva dove fosse tutto. Il mio maestro alle elementari diceva sempre:

--- il disordine esteriore, riflette quello interiore---

Egli però lo vedeva come una scomoda verità, Maurizio, invece, come la sua forma di ordine: ne era compiaciuto. Ovviamente era il solo a compiacersi, la moglie non sopportava quel casino, ma guai a riordinare, il primario era assolutamente contrario a qualsiasi forma di intervento che non fosse lui a gestire. Una volta la moglie, esasperata, decise di rassettare un minimo, mentre il marito era al lavoro. Quando Maurizio rientrò a casa apriti cielo! La stanza era ordinata ma egli non riusciva a trovare nulla! Ci volle oltre un mese, per tornare a quella che lui considerava la normalità.

Sedette alla scrivania e accese la lampada da tavolo: sotto di essa stava una cartella clinica dell'ospedale, un post---it spiccava sulla copertina, c'era scritto: "paziente109". Non era insolito, da parte del primario, portarsi il lavoro a casa, aveva sempre preferito prendere appunti e poi esaminarli; tuttavia, questa volta, per la grande mole di lavoro in ospedale, aveva deciso di prendersi la cartella, perché desiderava approfondire la storia clinica del paziente 109. Così si allungò comodo sulla poltrona. Alla voce " malattie precedenti" lesse: " USH2"; si fermò e cominciò a pensare: non gli veniva in mente cosa potesse significare quella sigla, eppure non era la prima volta che la leggeva. Si alzò e preciso andò verso uno scaffale e trasse fuori un dizionario medico: cercava la sigla USH. Niente, non la trovò. Ne prese un altro, ma anche qui, niente. Si ricordava vagamente che aveva a che fare con la vista, quindi preso uno sgabello, si arrampicò lassù a prendere il manuale di oculistica, nell'indice scoprì qualcosa, sotto la U : "Sindrome di Usher (USH)".

" Oh, finalmente… ecco qua…" andò alla pagina indicata e lesse: " Con il nome di S. di Usher si definisce una patologia genetica degenerativa di sordità---cecità, la più comune tra le forme di questa disfunzione sensoriale. Formata dalla degenerazione retinica chiamata Retinis Pigmentosa (RP) e da una stenosi delle cellule ciliate dell'orecchio interno. Si distinguono tre tipi di USH, il più stabile nel tempo è il tipo due. La cura è ancora in fase sperimentale."

Maurizio si fermò: " è interessante.." e con il libro in mano tornò in poltrona; cercava quali sintomi desse questa "Retinite Pigmentosa" che ricordava di aver studiato da ragazzo, all'università, ma non riusciva a metterne a fuoco i particolari. Ecco qua: " La RP dà cecità notturna sin dall'adolescenza, perdita del campo visivo periferico fino alla quasi totale cecità; i pazienti hanno difficoltà a passare da un grado di luce ad un altro per uno scarso adattamento da parte delle cellule recettoriali dell'occhio chiamate bastoncelli. Quando è associata ad una sordità medio alta di eziologia variabile si ha la Sindrome di Usher. Si è visto che i pazienti con questo tipo di patologia vanno incontro a incomprensioni da parte della società, si consiglia un supporto psicologico."

" Accidenti…" pensò Mauri " non dev'essere semplice per la famiglia…"

Chiuse il manuale di oculistica e riprese in mano la cartella clinica: nulla di particolarmente saliente, malattia genetica a parte; stava per chiudere il plico, quando qualcosa lo colpì, in basso, sotto la voce:" professione".

" Osteopata…" lesse il primario. " sì, sì dovrei avere qualcosa…" si alzò e andando verso la libreria si chinò in basso: spostando volumi enormi scavò tirando fuori, tra le altre cose, un mucchio di polvere. " eccolo! Trovato…" il titolo del libro recitava: " La filosofia dell'osteopatia" di A. T. Still. Con grande sorpresa vide delle note ai margini delle pagine: aveva già letto quel libro, ma non riusciva a ricordare quando.

Per quelli di noi, come il primario, che non sanno cosa sia l'osteopatia, basti pensare ad un uomo, che sul finire dell'800, stanco degli scarsi progressi della medicina tradizionale, soprattutto perché molto distante dall'umanità dei propri pazienti, si inventò un nuovo sistema terapeutico basandosi principalmente sulle leggi meccaniche e fisiche del corpo umano. Una storia appassionante quella di Still, fondatore di questa meraviglia: figlio di un medico, imparò l'arte di curare da suo padre, come era d'uso a quei tempi. Studente appassionato e ricercatore instancabile, conseguì una laurea in ingegneria meccanica. Viveva in una piccola comunità del Nuovo Mondo, che un giorno fu sconvolta da un'epidemia di meningite: Still perse cinque figli, tutti nel giro di pochi mesi. Tale crisi, oltre a segnarlo radicalmente come essere umano, lo spinse a modificare le proprie convinzioni di medico:

" la scienza medica non è sufficiente ", si torturava il poveretto, " deve esistere un metodo alternativo più semplice, più funzionale per evitare tanta morte e dolore".

Dopo anni di studi lo trovò e lo chiamò osteo come osso e path come sentiero, in inglese. Fuse l'ingegneria meccanica e l'anatomia. Quello che ne uscì crebbe nel tempo, portato avanti dai figli e dai suoi ammiratori (uno di essi, H. Sutherland, inventore del Cranio Sacrale).

Maurizio leggeva il libro, scritto da Still stesso, che oltre che essere un normale testo di nozioni mediche, sembrava piuttosto un memorandum di massime filosofiche, di poesia e di concetti brillanti e sempre attuali.

" L'osteopata" diceva Still " non ha altri strumenti che le mani, di esse devi avere cura, come della pelle, delle ossa, dei muscoli e dello spirito del tuo paziente. Ogni cosa è regolata da un principio di autoconservazione e autoguarigione; ogni struttura è irrorata da un'arteria, se essa funziona male, la causa è da ricercarsi nell'arteria stessa."

E poi ancora: "se si pesta la coda al gatto, l'altra estremità miagola".

Maurizio rimase affascinato dalla forza di quest'uomo, umile ma determinato, che con la sola forza delle proprie idee era riuscito a creare un nuovo modo di osservare l'uomo e le sue miserie fisiche. Il coraggio dimostrato percosse Maurizio come uno schiaffo e in qualche modo risvegliò la sua voglia di esserlo. Provò ammirazione per il paziente 109: un ragazzo con tali problemi fisici, che riesce ad indirizzare la sua necessità e voglia di fare del bene nelle mani, che ancora funzionano o forse funzionano meglio, è davvero encomiabile.

Rimase a leggere per tutta la notte o almeno, per quello che ne restava. Quando il sole, ancora timido, allungò le ombre della stanza facendo a gara con la luce elettrica, Mauri era ancora lì a leggere, rapito: c'era qualcosa che il libro e il paziente gli facevano venire in mente, ma non riusciva a mettere a fuoco lo specifico. Sperava che la lettura potesse dargli qualche ulteriore indizio per quella che, per ora, era poco più di una sensazione.

– Maurizio, io vado a… --- disse la moglie entrando in studio quella mattina: erano le sette e mezza. Il primario stava sulla poltrona con il libro di osteopatia aperto sul torace, la testa tirata indietro. Dormiva profondamente, così profondamente che dalla bocca semiaperta si udiva russare e rantolare, come se in corpo avesse avuto qualche strano animale dalla voce felina. La moglie lo guardò con tenerezza, scuotendo la testa richiuse la porta e scese le scale sussurrando:

--- bah, uomini…---

Locus Angustia

Quando mi svegliai aprii gli occhi ed erano umidi di lacrime. Mi doleva la testa, la tenni tra le mani per qualche minuto, la luce al neon dello scompartimento infastidiva. Percepivo ancora il dondolio del treno.

" oh no… ancora… sono ancora in viaggio…" pensai, cercando di fare spazio tra le immagini del sogno appena concluso. Certo non il solito killer, ma chi era? Un monaco? Che c'entra? La testa mi sembrava trafitta da mille aghi, non riuscivo a pensare lucidamente. Con uno sforzo tirai su una palpebra e guardai dal finestrino: nero, buio completo. Ero davvero ancora in viaggio. Trassi di tasca il cellulare per guardare che ora fosse, speravo di essere vicino a casa: non si accendeva, batteria morta. Sbuffai. Aleggiava qualcosa di insolitamente inquietante, facevo difficoltà a discernere tra il vero e il sogno, l'atmosfera era surreale. Dovevo fare pipì. Mi alzai, feci scorrere la porta dello scompartimento e guardai in corridoio: vuoto. Un brivido gelido mi passò sulla schiena ma cercai di trattenermi e andai verso il bagno al fondo del vagone: chiuso.

" Cavolo…" mi preoccupai.

Il treno accelerò e per poco non caddi all'indietro. Percorsi di nuovo il corridoio, tutti gli altri scompartimenti erano vuoti.

" nessuna fermata? Nessun passeggero è salito?", il primo pensiero.

Ero confuso, la testa doleva, una sottile lama di terrore mi pervase con il gusto dell'angoscia. Camminavo barcollando e gli scossoni si fecero violenti, troppo per un normale treno su rotaie. Caddi gemendo e battei il ginocchio, con fatica arrivai all'altro capo della carrozza. Il bagno era aperto, vi entrai e chiusi a chiave sospirando. Il locale si presentava sudicio; un piccolo lavandino stava dinnanzi a me con uno specchio che deformava leggermente il viso, la tazza accanto. Mi slacciai i pantaloni e feci pipì o almeno provai: non uscì nulla. Ero angosciato, mi sembrava una situazione surreale; prima il sogno, poi il vagone completamente vuoto.

"…e ora non riesco a pisciare! Ma che succede?..."

Provai a concentrarmi e sedetti sulla tazza. Niente pipì. Nulla da fare. Questa strana situazione mi ricordò improvvisamente una storia che da piccolo ascoltavo quando ero a letto ammalato.

Avevamo l'abitudine in famiglia di collezionare delle cassette a nastro della serie " contastorie ", lette da bravi attori di teatro e doppiatori famosi. Quando mi rincantucciavo sotto le coperte, le voci entravano suadenti nella testa e mi distraevano. Ero felice di non andare a scuola e godevo nell'ascoltare quelle storie, in particolare "Il Mostro ed il Palazzo": un giovane servitore deve raggiungere il palazzo del suo signore, è in viaggio attraverso la foresta, ma calano le tenebre ed è costretto a fermarsi in un casolare abbandonato. Si addormenta nella stalla poi di soprassalto si sveglia circondato dal buio e ricorda le parole del suo vecchio padre:

"alla notte evita i grandi spazi, ma stai in quelli piccoli".

Meditando su quelle parole decisi che fino a quando non avessi capito cosa stesse succedendo su quel treno, non mi sarei mosso dal bagno. Avevo appena formulato questo pensiero, seduto sul coperchio della tazza, quando d'un tratto la luce al neon mancò. Ero nel buio totale.

" un contatto…" pensai e stetti ad attendere che la luce tornasse. Lo sferragliare del treno era continuo e mi riempiva le orecchie, la testa dondolava da sola spostata dagli scossoni della carrozza, la situazione non si modificava.

Essendo abituato a muovermi al buio ho sviluppato una gran memoria visiva: memorizzo una stanza appena vi metto piede, occorrono pochi minuti. Quando mi trovo solo in una situazione di poca luminosità, avendo ben presente le distanze e gli spazi, posso muovere il corpo con facilità, anche se con maggior lentezza e cautela.

Sapevo che la maniglia del bagno era lì alla mia sinistra. Mi allungai nel buio e sentii la porta, feci scivolare la mano verso il basso fino ad incontrare la maniglia: cercai di aprirla, quando qualcosa, come delle dita, mi sfiorarono le spalle. Cacciai un urlo e caddi all'indietro, andando a cozzare con la testa contro il vetro del finestrino: nel buio qualcuno galleggiava nella stanza sopra di me. Soffrivo: una gamba era rimasta incastrata tra il muro e la tazza, nel movimento improvviso mi venne una fitta al ginocchio e gemetti. Aspettai che lo sconosciuto mi toccasse nuovamente ma non accadde nulla. Provai ad alzarmi e come d'incanto la luce tornò: mi guardai intorno. Nessuno. Sospirai. Avevo il cuore a mille, rimbalzava nel petto con una tale foga che il rumore del battito copriva quello del treno. Gli occhi cominciarono a fare scherzi, vedevo macchie bianche e colorate che andavano e venivano. Sentii il bisogno di rinfrescare la fronte, mi avvicinai al lavandino, aprii l'acqua, me la tirai sul viso come se fosse la prima volta, alzai gli occhi e guardai lo specchio. Con grande sorpresa non vidi me, ma un uomo dalla testa rasata e con una tunica rossa. Impallidii. Mi passavo la mano sul viso, ma l'uomo dentro lo specchio sorrideva; gridai di nuovo e chiusi gli occhi, quasi nello stesso istante una fitta di dolore attraversò il cranio. Mi ero stancato, senza aprire gli occhi afferrai la maniglia della porta e cercai di uscire: non si apriva. Pieno di terrore guardai lo specchio: lo strano uomo era ancora lì. L'acqua continuava a scorrere, era diventata bollente e il vapore saliva dal lavandino appannando lo specchio. Improvvisamente quella specie di monaco alzò il dito e nonostante fosse dentro lo specchio scrisse sul vapore una strana parola: "ahtaisyA" . Sembrava incredibile: vedevo solo il riflesso del suo dito dentro lo specchio, ma io dalla mia parte leggevo: "Aysiatha". Non sapevo come agire, il nome mi suonava familiare, il volto già visto in un sogno o in una realtà. Ero ancora frastornato e spaventato quando alzò la mano in segno di saluto e così com'era apparso svanì. Feci un sospiro di sollievo. L'ossigeno entrò dritto sparato nelle arterie, ridandomi subito un po' di vigore.

" Ok… adesso basta.." pensai, mi girai e provai ad aprire la porta: ancora chiusa. Cominciai ad agitarmi, tirai, spinsi, la presi a pugni e infine urlai:

--- Aiuto! Aiuto!!–

Nessuno venne. Battei sulla porta credo per venti minuti, sentivo una fitta al petto, avevo il fiato corto e il mal di testa si ripresentò più forte di prima: sembrava un incubo.

" Stai calmo, stai calmo stai calmo…" mi ripetevo ad alta voce cercando di respirare a fondo. L'acqua ancora aperta scrosciava nel lavandino, ne sentivo il rumore che all'improvviso divenne più cupo. Mi girai e non credetti ai miei occhi: non era acqua ma un liquido rosso e denso. Il lavandino si riempì subito e il liquido cominciò a debordare finendo sul pavimento. Cominciai a piangere, non credevo che stesse succedendo davvero! Picchiavo sulla porta con tutte le forze, ma non cedeva e nessuno veniva in soccorso. Lo strano liquido era già a livello delle caviglie e saliva molto velocemente. Cercai di non pensarci e presi a spallate la porta, una, due, tre volte, crack! La spalla mi partì. Urlai dal dolore e caddi all'indietro: finii nel liquido che ormai aveva raggiunto la tazza. Alcuni schizzi mi bagnarono le labbra, era caldo e dal gusto metallico: sangue!...

Repressi un conato di vomito, mi feci forza e, completamente fradicio, andai di fronte al lavandino, deciso ad arrestare in qualche modo l'ininterrotto flusso. Niente da fare, il rubinetto esplose per la pressione eccessiva.

Ormai stremato decisi di arrendermi, quando allo specchio vidi un altro uomo, biondo, gli occhi chiari quasi bianchi mi fissavano. Cercai di non guardarlo, non mi interessava più, ma il suo gesto mi ipnotizzò: aveva estratto di tasca una pistola e la puntò verso di me. Il mio urlo si unì allo sparo, lo specchio si crepò. Urlai di nuovo, ormai avevo il liquido rosso a livello delle spalle, non sapevo che fare! Rimasi a fissare quello strano individuo in giacca e cravatta che prendeva la mira e sparava di nuovo: lo specchio si crepò ancora, più gravemente. Istintivamente cercai di riparare il viso, ma avevo ormai il sangue sotto il mento e senza accorgermene ne bevvi un po': era veramente disgustoso, perdetti l'equilibrio e andai sotto. Quando riemersi tossivo; avevo solo più una spanna d'aria tra il soffitto e il sangue che continuava a salire.

Il rumore del treno era regolare, quasi tetro, gracchiante e acuto come una risata. Quando il liquido raggiunse la luce del soffitto, questa esplose lasciandomi al buio. Terrorizzato come mai prima d'ora svenni, annegando nel sangue che sentii ribollire prima di perdere i sensi. Poi buio. Poi silenzio.

Bastardi

Il tassista venne a prendermi all'aeroporto, il JFK. Occorse circa un'ora per arrivare a Manhattan, l'albergo si nascondeva tra la 10th avenue e la 36 west. Il posto era isolato, vicino al fiume, perfetto. Scesi dal taxi e pagai. La facciata dell'hotel mostrava una decadenza senza riguardo, entrai e prenotai una stanza, terzo piano: camera putrida, moquette di un colore indefinito tra il marrone e il verde, vicino al letto una chiazza bruna, forse sangue di qualche sciagurato. Posai la valigia sul letto e indossai camicia bianca e giacca di jeans. Presi la corda di pianoforte, infilai la pistola nei pantaloni, uscii. Meglio andare a piedi, era estate e sebbene NYC sia sempre affollata e frenetica, ad agosto si muove meno gente, per di più turisti, sarebbe stato facile nascondersi tra loro in caso di pericolo.

Erano circa le 16:00, possedevo ancora un patrimonio di due ore e ventisette minuti per trovare il mio bersaglio e ucciderlo. Mi diressi lungo la 35 west fino alla 5 avenue, girai a destra e scesi fino alla 49 west, Rockfeller Center. Bob era all'angolo che aspettava, l'avevo riconosciuto dalla foto mandatami dall'organizzazione, lui però non mi aveva mai visto. Mi avvicinai:

--- hai da accendere? – chiesi con una sigaretta tra le labbra; questi annuì e mi accese la sigaretta.

– ci sono rondini a NY? – gli domandai

--- solo in autunno, al tramonto… --- mi rispose. Era Bob.

– vieni con me – disse e svoltò l'angolo. Erano le 17:00. Passò accanto ad un ristorante e scavalcò un pannello dei lavori in corso, io lo seguii: scese una rampa di scale fino ad un condotto che sbuffava vapore, girò a destra e si fermò.

– guarda in alto – e indicò.

Stavamo sotto un tombino, si vedeva la gente passare sulle nostre teste per raggiungere la piazza centrale con la statua dorata di Prometeus. La punta del Top of The Rock era visibile.

– tra poco il cambio della guardia… --- disse Bob accendendosi una sigaretta, --- dobbiamo fare in fretta… --- e senza aggiungere altro si infilò in un tunnel stretto e puzzolente lì accanto. Strisciammo per trenta metri lungo lo scarico delle acque bianche del RFC. Alla fine sbucammo in una stanzetta, una ventola girava. Bob con fare sicuro pigiò un pulsante al di sopra di essa che lentamente rallentò e quando si fermò scivolammo oltre. Dovevamo agire senza rumore: davanti a noi si trovava lo spogliatoio delle guardie del grattacielo, solo una grata per il ricambio dell'aria ci divideva. Troppe persone. Parlavano di baseball, ridevano e sfottevano l'uno con l'altro. Bob sedette in silenzio. Dopo circa venti minuti il grosso delle guardie se n'era andato in pausa, ma dalla grata ne vedevo uno, dava le spalle, davanti allo specchio si stava radendo. Bob fece cenno: alzammo la grata che stranamente non si lamentò e in perfetto silenzio mi mossi ed entrai nel bagno. Per fortuna teneva l'acqua calda aperta al massimo: il rumore copriva i miei movimenti e il vapore appannava quanto bastasse lo specchio. Strisciai fino ai suoi piedi, trassi di tasca la corda di pianoforte e tenni d'occhio la guardia: alzava il mento per radersi il collo. Scattai in piedi e passai il cavo sotto il pomo d'Adamo senza dargli il tempo di capire cosa stesse accadendo e tirai. La sua trachea cedette quasi subito con un rumore buffo. Non avevo tempo: trascinai il corpo fino alla grata e Bob mi aiutò a occultarlo dietro ad essa. La stanza rimase vuota, l'acqua del rubinetto continuava a scendere abbondante, non venne nessuno: un buon lavoro. Avevo dieci minuti: indossai la divisa del defunto, Bob trasse fuori un tesserino falso e lo fissò sul taschino. Mi guardai allo specchio: ero una guardia di sicurezza del grattacielo. Da un armadietto presi il cappello: al centro aveva uno stemma dorato con il disegno di un palazzo e il sole alle spalle. Sorrisi e lo indossai. Uscii dal bagno tenendo la testa bassa, salii una rampa di scale, attraversai un corridoio fino ad un ascensore che mi portò alla hall. L'attraversai e in fondo vidi due guardie che parlavano tra di loro, salutai e una di queste scannerizzò il tesserino che avevo al petto e il lettore rispose con un saluto di conferma: Bob aveva lavorato bene. Giunsi all'ascensore, destinazione: il tetto. Si fermò prima in una grande sala, piena di turisti, con ampie finestre. Passai accanto a due guardie che salutai con un cenno del capo e presi una scala mobile per andare ancora su, all'esterno.

Il vento soffiava tiepido. La gente si accalcava contro le balaustre per ammirare il panorama: si vedeva tutta Manhattan fino a Central Park. L'Empire State Building stava ritto di fronte, e le due torri si guardavano come due rivali che dominano il cielo di quella città. Salii ancora. Una rampa mi portava vicino a delle antenne, dietro una transenna vidi un uomo in uniforme, mi avvicinai.

– era ora, cazzo! – mi aggredì il poliziotto – quanto ci hai messo Ian? Non vedevo l'ora di andare in pausa... Ehi! Ma tu non sei Ian! –

Sorrisi affabile: --- sì lo so, Ian ha la figlia malata, oggi lo sostituisco io –

L'altro mi guardò e rise: --- ah! Certo, quel figlio di puttana sarà a scopare con la sua amante! Beh amico, io me ne vado! – e dandomi un mazzo di chiavi mi cedette il posto: se l'era bevuta.

Le 18:00. Ancora venti minuti, circa. Le transenne dividevano il terrazzo in due: una parte per i turisti, che, come animali in gregge, si fotografavano, gli innamorati si abbracciavano e i bambini saltavano di gioia. L'altro lato era interdetto ai visitatori e il mio compito consisteva nel proibire l'accesso al pubblico. Nel cielo terso la palla rossa del sole faceva il giro sulla mia testa. Si avvertiva anche uno strano dondolio tipico delle costruzioni alte. 18:18 eccolo, in anticipo. Notai l'uomo, brizzolato, sulla cinquantina, noto trafficante di droga, usava il lavoro di cacciatore di teste come copertura. Aveva contatti in tutto il Medio Oriente e centinaia di ettari di papavero da oppio in Pakistan. Stavo per muovermi, quando mi accorsi che non camminava da solo: una donna e dei bambini.

" merda!" pensai " è con la famiglia..."

Questo imprevisto sconvolgeva i piani. Mantenendo la calma mossi fino alle antenne, coperto alla vista dalla loro base di pietra. Estrassi la pistola, tirai fuori il caricatore e inserii un solo proiettile. Composto di gelatina, conteneva una tossina ricavata da un verme che vive solitamente negli abissi marini: causa un infarto immediato, non lascia segni, viene assorbito subito dalla pelle e non è rintracciabile all'esame tossicologico. Tutto bene, dunque? No, è delicato da maneggiare e consente una sola possibilità in un tempo esiguo. Se non avessi sparato entro pochi minuti la gelatina sarebbe sciolta rendendo inservibile il proiettile. Attesi. Il bersaglio percorse il perimetro del terrazzo come tutti gli altri. Notai che l'uomo portava i calzoni corti: un colpo di fortuna. Mi avvicinai alla transenna con disinvoltura, tirai fuori la pistola, la tenni bassa e quando mi passò davanti direzionai la canna verso il suo polpaccio. Finsi un colpo di tosse, per coprire il rumore del silenziatore. Era fatta. L'uomo scattò: --- Ahi! –

--- cosa succede, tesoro? – gli domandò la moglie allarmata.

--- nulla, nulla, forse una puntura… ---

Dovevo sbrigarmi, la tossina avrebbe fatto effetto rapidamente: quattro minuti. Finsi di ricevere una chiamata, spostai le transenne, mi feci largo tra la folla con la radio in mano e scesi le scale. Appena in tempo: udii un urlo, la gente accorse e io ghignai, la tossina non falliva mai. Presi l'ascensore, al piano terra girai nel corridoio di servizio: nessuno mi notò. L'ambulanza arrivò a sirene spiegate, frenò davanti all'entrata del grattacielo e i paramedici entrarono nella hall. Io intanto ero già uscito dal complesso, mi tolsi uniforme e cappello e li buttai in un bidone lì vicino, infilai un paio di occhiali e andai verso il rendez---vous con Bob: tra Bowery e Bedford.

Arrivai puntuale, ma Bob non c'era. Non pensai che l'avessero beccato, generalmente mi fido delle persone con cui lavoro, uomini professionisti che non farebbero mai una cazzata gratuita. Percorsi il giro dell'isolato un paio di volte e svoltando l'angolo sentii qualcosa che mi perforava la gamba, subito dopo un botto. Caddi a terra: qualcuno mi aveva sparato. Guardai in alto, cercando di capire dove fosse il figlio di puttana con il fucile, poiché il rumore lo conoscevo bene. Non vidi nulla e oltre al dolore insopportabile venne fuori anche la paura. Ero al riparo dal fuoco di quel fucile grazie ad un paio di cartelli e un bidone per i rifiuti. Al secondo sparo la gente per strada cominciò a gridare. Pessimo segno, tra poco sarebbe intervenuta la polizia. Ero debole, perdevo sangue, rimasto a terra non riuscivo a mettermi in piedi e dovetti strisciare fino all'angolo opposto, due colpi mi fischiarono molto vicino. C'era un taxi parcheggiato, vi entrai e trovando le chiavi inserite, partii sgommando. Nel guidare la gamba faceva un male cane: avevo un buco grande come una moneta da un dollaro esattamente dietro la tibia, il proiettile era entrato e uscito, ma probabilmente mi aveva leso un'arteria, perché non sentivo più le dita del piede. Per frenare dovetti spostare la gamba con le mani da un pedale all'altro, urlando ogni volta. Ero così incazzato che il cuore mi andava a mille, peggiorando la situazione. Cercai di pensare: conoscevo un uomo fuori città, forse poteva aiutarmi, gli avevo salvato la pelle anni prima ed era in debito con me. Presi il Lincoln. Guidai per circa trenta minuti, poi cominciai ad avere problemi: la vista si annebbiava, sentivo freddo e il sangue che impregnava i pantaloni era su tutto il pavimento dell'auto. " non mollare adesso.." ripetevo all'infinito.

Resistetti ancora un quarto d'ora finchè trovai l'indicazione e svoltai. La casa di Vincent era al fondo della via. Alla fine poco prima di svenire la macchina picchiò contro qualcosa, persi i sensi:

"bastardi…", pensai.

Brothers in Arms

Quella mattina in sala d'attesa sostava un ragazzo. Portava, legati in fretta e furia dietro la testa, dei lunghi capelli che formavano un ciuffo appuntito e folto. Di un bel castano scuro, si presentavano con striature più chiare, prova del fatto che trascorreva la maggior parte del tempo sotto il sole. Passeggiava nella stanza tenendo in braccio una bella bambina di poco più di un anno che, appoggiata alle spalle del suo papà, osservava incuriosita lo strano ambiente. Aveva occhi grandi e blu che raramente sbatteva per non perdersi nulla del mondo esterno. Daniele, Dani per gli amici, così era il nome di quel giovane papà, era in attesa da venti minuti. Quando Maurizio entrò nella stanza Daniele non si girò, non sentendolo arrivare.

– Buongiorno! Sono Maurizio Eremita, primario, mi occupo di suo fratello. – salutò cordiale Maurizio. Solo allora Daniele si voltò quasi sorpreso e sorridendo gli strinse la mano.

--- lei è il fratello più grande? – aggiunse il medico.

--- Come? – domandò Dani avvicinando un orecchio a Maurizio che ripetè la domanda cortesemente.

--- ah, sì certo, in realtà quello di mezzo, il primogenito dovrebbe arrivare a momenti... come sta mio fratello? – chiese subito, impaziente.

– Meglio! --- rispose con tono più forte Maurizio – si sta riprendendo ma le sue condizioni sono ancora difficili... ---
Daniele annuì. Aveva occhi verdi brillanti e vivi, propri di un cervello attivo e vigile che esprimevano preoccupazione. La bambina tra le sue braccia si era voltata a osservare Maurizio con diffidenza, il primario le aveva sorriso ed ella, guardando il suo papà, bisbigliava lamentele incomprensibili.

– che bella bambina! – esclamò Maurizio – come si chiama? –

--- Viola. – rispose distrattamente Daniele. Come la madre, Dani aveva un carattere emotivo, così potente a livello inconscio da procurargli addirittura dolore fisico. Considerava la condizione umana come una sorta di lungo travaglio: non era rilevante la cosa buona o cattiva, giusta o   sbagliata, le sue emozioni gli facevano da guida. Come il padre, però, possedeva uno spiccato senso di autoconservazione che lo rendeva equilibrato, permettendogli di gestire il mondo circostante.

--- mi tolga una curiosità… --- lo interpellò Maurizio.

--- dica… --- rispose Daniele.

--- facendo ricerche su suo fratello minore ho scoperto che è affetto da una malattia genetica, chiamata Sindrome di Usher. Ecco, mi domandavo se ci fosse qualcun' altro in famiglia ad esserne affetto.. –

--- Sì, io. – fu la concisa risposta.

L'imbarazzato silenzio che seguì fu interrotto dall'arrivo del terzo fratello. L'uomo, dai capelli corvini lunghi fino alle spalle, portava una cartella in una mano ed entrò nella sala d'attesa.

--- piacere, Lorenzo! – si presentò a Maurizio.

Vestiva di un bel completo beige, leggermente casual, che gli donava un'aria professionale, affabile e semplice. I due fratelli si baciarono salutandosi e poi sedettero. Lorenzo, laureatosi brillantemente in medicina, dopo un massacrante tirocinio in ospedale aveva finalmente dato libero sfogo alle sue idee e convinzioni: era diventato omeopata.

Maurizio decise di condurre i due fratelli nella camera 109. Viola fu lasciata alle amorevoli cure delle infermiere della nursery ospedaliera, che, nel vedere la sua bellezza, accorsero numerose e servizievoli intorno alla piccola. Lorenzo tossicchiava nervosamente, cercando di intuire quale potente emozione avrebbe potuto provare nel vedere il fratello in quelle condizioni. Entrarono nella stanza. Il paziente era su un fianco, Daniele a prima vista pensò che stesse dormendo, poi si accorse che era intubato e subito distolse gli occhi, come se fosse stato colpito da una luce improvvisa e forte. Lorenzo osservava in silenzio e si collocò in un angolo della stanza con le braccia conserte ad ascoltare Maurizio che illustrava la situazione clinica:

--- vostro fratello è stabile, ha avuto qualche episodio di epilessia, ma in queste condizioni è normale, anzi direi che potrebbe essere un buon segno, reagisce… --- Lorenzo annuì.

– Purtroppo – continuò Maurizio – non sappiamo dirvi quando riprenderà conoscenza, posso solo assicurarvi che le sue fratture migliorano e le lesioni sono in buone condizioni, non rimane che sperare… –

Lorenzo rimase in silenzio. Daniele, avendo sentito solo l'ultima frase ripetè:

--- sperare? Sperare in cosa? –

I due medici si guardarono con leggero imbarazzo.

– Dani, poi ti spiego.. – disse il fratello con gentilezza.

--- no, voglio capire… --- Daniele si avvicinò al maggiore: --- allora? Dimmi, cosa c'è da sperare…? – sembrava sconvolto.

– Dani, ti sembra il momento? Quando siamo fuori ti spiego cosa succede a nostro fratello… ---

--- no, me lo spieghi adesso! –

--- non puoi aspettare?---

--- No! – urlò Dani.

--- Va bene, --- breve pausa --- vuol dire che bisogna staccargli la spina se non si sveglia! – sbottò furente Lorenzo tutto rosso in viso.

Non riuscì però a completare il pensiero: il paziente 109 stava subendo un'altra crisi epilettica, questa volta molto violenta. Con uno scatto fece saltare il tubo dell'ossigeno. Maurizio allarmato chiamò:

--- infermiera!...--- e rivolto ai due fratelli aggiunse --- voi aspettate fuori, per cortesia… ---

Uscirono, uno più pallido dell'altro. Dopo circa una mezz'ora il 109, sedato e reintubato, riposava di nuovo tranquillo.

Maurizio uscì dalla stanza.

--- allora dottore, come sta? –, erano visibilmente scossi.

--- sì, ora sì, non corre alcun pericolo. Con queste crisi il rischio è che si strappino i sondini e che cedano i punti interni, ma state tranquilli, ora è stabile – Maurizio aveva preferito non spiegare, specialmente a Daniele, che un paziente in coma può reagire agli stimoli esterni, e se questi sono "movimentati" come poc'anzi…la reazione può manifestarsi violenta.

I fratelli si avviarono verso l'uscita, portando sul viso gli effetti di quell'esperienza sconvolgente. Maurizio rientrò nella 109 e sedette accanto al paziente per fare i controlli di routine.

--- certo, ti vogliono bene.. – disse sottovoce al paziente, senza ovviamente aspettarsi una reazione. Questi invece, dopo qualche secondo sbuffò.

Maurizio s'intenerì e uscendo dalla stanza pensò: " mi sta simpatico, il 109…"

Percorse il corridoio fino alla porta dello studio:

" non dev'essere facile risultare il più piccolo in una famiglia del genere, senza contare che, stando a quello che ho visto, sono parecchi gli anni di differenza tra i due più grandi e il 109… "

Aprì la porta dello studio, accese la luce e continuò la sua riflessione:

" per non parlare poi del fatto che due fratelli su tre sono affetti da una malattia genetica così debilitante e singolare,…chissà le difficoltà all'interno della famiglia Salini… e i sensi di colpa che possono sorgere, anche se immotivati…"

Maurizio sedette in poltrona e guardò il soffitto per un paio di minuti in silenzio. L'orologio da tavolo indicava le 21.00. Si alzò, prese la giacca, aprì la porta, fermandosi sull'uscio.

--- Non so proprio perché, ma tutta questa faccenda mi fa sorridere… --- confessò ad alta voce – ho come il presentimento che il 109 ci riserverà ancora molte sorprese… ---

Con una risatina spense la luce e uscì.

Magicis Feminarum

Mi svegliai urlando. Scossi convulsamente le mani, le passai sul viso, niente sangue. C'era un piccolo specchio nello scompartimento: controllai che tutto fosse in ordine. Già, lo scompartimento: ancora viaggiavo e dal finestrino non trapelava nulla, nero. Buio. Ormai non distinguevo la realtà dal sogno.. .

" basta… non ne posso più…".

Constatato che nulla sembrava essere reale, mi accasciai di nuovo sul sedile e appoggiai il braccio sul viso coprendomi gli occhi.

Mi venne in mente una ragazza. Una bellissima ragazza che avevo incontrato in un viaggio precedente: ricordo che dormivo scomodamente sul sedile di un regionale di pomeriggio. Il sole batteva sui visi degli altri passeggeri che infastiditi tiravano le tende con una smorfia, come tanti vampiri. Di fianco e davanti a me i posti erano occupati, e quando girai il capo la vidi. Dapprima pensai di stare ancora dormendo: mi capita a volte di sognare di svegliarmi e di scendere dal treno, ma in realtà sono addormentato.

Lei era reale: portava i capelli sciolti lunghi e castani, il viso era davvero incredibile: la pelle pareva dipinta, lucente e vellutata, il naso piccolo e diritto, il profilo sembrava tracciato dalla mano di un artista tormentato che riesce a trovare l'attimo di perfezione. Il taglio dell'occhio spingeva il mio sguardo in giù fino al labbro superiore che spuntava dalle gote come un bocciolo rosa, allo stesso modo di quelle rose selvatiche che crescono nei prati tenuti malamente ai bordi delle strade o dei fossi. Non aveva un filo di trucco. Era naturale. Mentre la osservavo il petto mi si gonfiò, mi emozionai come se avessi dovuto assolutamente agire senza sapere in che modo: mi guardò. Aveva gli occhi blu o verdi, da dove ero seduto non lo capivo bene, ma non fu il colore a sorprendermi bensì l'espressione simile ad un angelo. Né troppo penetrante, né insignificante, in una parola, perfetta. Non riuscivo a smettere di guardarla. Mi rendevo conto che probabilmente si era accorta della mia ostinazione e le stavo causando imbarazzo, ma era impossibile non fissarla. Come una droga che si propaga dagli occhi, fatta di luce e colore, ne bevvi una gran quantità.

Mi capita spesso di sedere vicino a delle belle ragazze e, specialmente se il viaggio è breve e le nostre destinazioni sono diverse, come nella favola della volpe e dell'uva, la visione si riduce a poche convinzioni superficiali, per me vitali e rassicuranti in quel momento: " se è così bella, probabilmente è stupida" penso, oppure: " sarà certamente fidanzata con qualcuno che non la apprezza.." o ancora: " è la mia suggestione". Quello che appare bello e sublime, viene soppesato, partizionato dalla logica, spezzettato e lavato con il colore grigio della mia supposta realtà. Così, egoisticamente, mi sento meglio!

Quel giorno su quel treno, con quella ragazza, questo non accadde: la osservavo a volte di nascosto, sentendomi un bambino, non venne in mente nessuna delle solite frasi banali. Non ho mai creduto ai colpi di fulmine e nemmeno al destino: rimasi lì, incapace di pensare, finchè il treno fermò alla stazione di un paesino e lei scese. La osservai percorrere la pensilina, allontanarsi giù lungo la strada e sparire dietro l'angolo, privandomi di quella deliziosa droga per le mie pupille. Non ho idea del nome, né dell'età, e mi sarei guardato bene dal domandarglielo. Perché? In primo luogo le belle ragazze mi mettono in soggezione, ma in questo caso non si trattava solo di un bell'essere vivente. Rivolgerle la parola, ridurre tutta quella marea di sensazioni ad uno scarno approccio avrebbe ucciso la magia del momento. Se hai la fortuna di osservare un cervo o un capriolo nel suo ambiente naturale, non puoi corrergli incontro, tendere la mano e presentarti: in ogni caso scapperebbe.

La realtà che trovai davvero tremenda fu l'indifferenza di tutte le persone sedute accanto e davanti a me. Com'è possibile non notare una simile meraviglia? Come non provare, in fondo all'animo, un muto rispetto verso chi ha un aspetto così idilliaco? Certo, si potrebbe obbiettare che l'aspetto esteriore non è tutto, che probabilmente quella ragazza è una superba, isterica, vuota, trucco da me usato in parecchie occasioni,...vero. Ma la fioritura di una rosa è sempre affascinante e ti rapisce. Sono subito gli occhi a fornire la prima impressione, non il cervello o il cuore. È la capacità di percepire la delicatezza dell'osservare qualcuno nel suo ambiente naturale, libero, come appunto un cervo. Può essere stronzo, un cervo?

Può, ma anche la bellezza ha un valore che, almeno gli occhi, non possono ignorare.

Una volta una ragazza viaggiò con me, appena entrò nello scompartimento seguì il profumo: viola selvatica. Avendo gli occhi malandati, ho sempre avuto un buon naso. Da bambino riuscivo a sentire l'odore di mia madre anche dall'altra parte della casa, capivo dove si era seduta, sdraiata, se era uscita; mi è sempre stato utile l'olfatto. Quando la bella signorina bionda sedette nello scompartimento con me, la violetta che portava addosso si sparse per tutta la carrozza. Non si trattava di un profumo nauseante, di quelli che, dopo un po' di tempo inacidiscono, ma anzi, era sottile e delicato come il sorriso di quella giovane donna. Gli occhi erano vivi e attenti, sembrava quasi che le piacesse osservare gli altri esseri umani. Dopo qualche ora di conversazione mi accorsi che, come i lampadari di Murano con tutti i cristalli appesi e brillanti, la bionda faceva in modo che la conversazione non scadesse mai, che fosse sempre possibile ballare da un riflesso ad un altro. Un tipo davvero particolare.

Credo che la necessità di approcciarsi con l'altro sesso dipenda da un'esigenza fondamentale: non restare soli. Questa fortunata occasione di dialogo ci permette di stare bene nella nostra pelle, di sentirci animali sociali e per un fugace momento siamo liberi.

Strano sentimento la solitudine: a volte si ricerca assiduamente, altre si rifiuta come un male mortale. È indubbiamente difficile restare soli, ma lo è ancora di più non accettare di esserlo per un po' di tempo, in un determinato momento della vita. In fondo, però, non lo siamo mai: esiste qualcuno che ci ama nonostante le nostre avversità ed errori. Noi stessi. Occorre però saperlo, esserne convinti e apprezzarlo.

Stavo riflettendo sdraiato su queste tematiche così delicate, quando sospirai e inavvertitamente dalla bocca mi uscirono due parole:

--- che pace!... --- .

Un profumo, dapprima lieve e poi intenso, colpì i miei sensi: fiori freschi. Sollevandomi, quello che vidi aveva del miracoloso: dalla tappezzeria dei sedili, dalla moquette, dal legno compensato dello scompartimento stavano crescendo una gran quantità di piante, rigogliose e rampicanti, persino accanto a me, tra le gambe e sotto la schiena. I sedili si riempirono di verde e in un momento sbocciarono decine di fiori di tutti i colori e forme: gialli, rossi e bianchi, poi blu, violetto e arancioni. Emanavano un profumo delizioso e tenevano il capo rivolto verso di me. Risi e una lacrima riempì il cuore e le palpebre: ero felice.

Mr. Buio

Non so quanto tempo trascorse. Forse qualche giorno, una settimana o addirittura solo ore. Mi rendevo conto di non vivere nella realtà: uno scompartimento non poteva fiorire in quel modo, né tantomeno un bagno poteva allagarsi di sangue... ma non importava: ero ormai abituato a quello strano posto a metà strada tra la fantasia e l'inconscio. Certo era angosciante ed in qualche modo sfinente quel treno sempre in viaggio di notte, chissà per dove. Accettai tutto ciò, perchè nella vita ho considerato strane le cose che per gli altri erano "normali" e viceversa. Inoltre quella gran quantità di fiori metteva di buon umore il mio spirito disorientato. Erano davvero incredibili: come se fossero stati gettati dei semi in continuazione per farli sbocciare uno dopo l'altro, non appassivano, fiorivano e rimanevano profumati e colorati. Un'evoluzione. Anche là fuori nel mondo vero, quando scegliamo di evolvere, riempiamo l'ambiente di fiori o di frutti invisibili.
Peccato che non si possano vedere con gli occhi. La mente di un uomo può cambiare la realtà circostante, almeno qui sul treno.

Tornai ad osservare questo terribile luogo di angoscia: pareva avesse esaurito il suo compito, il bagno era illuminato, l'acqua funzionava, la tazza anche. La ragione aiutata in qualche modo dalla realtà aveva steso un velo di normale tranquillità là dove poco prima regnava orrore e tragedia. Sangue e fiori. Chissà cosa volevano trasmettermi? Sono convinto che le risposte, quelle su noi stessi, sui nostri dilemmi e sulle nostre angosce non siano mai chiare come sulla carta stampata: rimangono sempre sbiadite nei loro dettagli.

Per trascorrere il tempo iniziai a curiosare qua e là, cercando di mantenere l'indifferenza al centro dei pensieri: andavo a cercare cose particolari o inusuali, come quando scoprii che il cavo, che avrebbe dovuto portare la corrente elettrica alla carrozza, era staccato: lo vedevo penzolare oltre i vetri sulla passerella tra un vagone e l'altro, eppure gli ambienti erano illuminati. O quando vidi le porte scorrevoli chiudersi da sole, o che i sedili brillavano come nuovi e così via. Non mi spaventavo per questi strani fenomeni, sentivo di non essere così attaccato alla realtà... sognavo? Quanto sarei rimasto su questa carrozza? Ero più curioso della logica del posto, che spaventato. Forse perché quando oltrepassiamo un certo limite di paura, i nostri occhi si aprono e non riconosciamo le medesime situazioni di prima.

Il tempo, ammessa la sua esistenza in un luogo simile, scorreva.

Un pensiero continuava a martellare la mente: fuori era davvero buio? Così andai verso lo sportello di uscita. Lo sferragliare del treno aveva ripreso più forte del solito, pensai che, se in movimento, non avrei potuto aprire la porta. Quando pigiai il bottone verde, il dondolio del treno smise, ma la porta non si aprì. Regnava un gran silenzio. Cambiai tattica: in basso solitamente sulla sinistra c'è una leva che si usa quando il meccanismo elettrico è difettoso; occorre tirarla verso il basso, spingere la porta e farla scorrere lateralmente. Era pesante da morire e dovetti aiutarmi con le gambe, ma alla fine con un suono metallico la porta si mosse e si spalancò.

Davanti a me solo buio. Un buio denso come un fumo che non oltrepassava la porta. Tenendomi ai sostegni mi sporsi all'esterno: sentii sul viso un venticello fresco, quell'aria in movimento che si sente in montagna e che mia nonna amorevolmente chiamava "il respiro degli alberi". Non vedevo nulla né sopra di me, né a destra né a sinistra. Quando guardai sotto, al posto dei binari notai una luce azzurrina.

" Com'è possibile? Cos'è?" pensai sporgendomi di più. Sembrava la luce di una stella, ma ben più grande del solito puntino che siamo abituati a vedere. Improvvisamente assunse le dimensioni di uno stadio.

" Se sono nello spazio, come mai esiste l'aria?", perplesso.

La brezza gentile mi carezzava il viso. Rimasi senza pensieri, curioso e non spaventato. Alla fine sedetti sugli scalini ad osservare dalla porta aperta quel buio.

" Forse dovrei provare ad uscire..." riflettei, ma restavo dubbioso.

" e se finissi in un posto peggiore?... dopotutto sarebbe meglio accontentarsi piuttosto che rischiare inutilmente…", con sottile disagio.

--- Dove vorresti andare, piccola anima? –

La voce fu talmente forte che feci un salto dallo spavento. Sembrava venire da fuori, guardai ma non esisteva altro che il buio.

--- emh… fuori… --- azzardai.

--- tu sei già fuori. – fu la risposta secca.

--- tu chi sei? – chiesi dopo un momento di pausa, stavo seduto sui gradini e parlavo al soffitto del treno:

" è Dio!" pensai.

--- Io sono un amico di viaggio che ti accompagna da molti anni… ---, pausa.

--- Le ferrovie dello stato? – domandai stupidamente, ridendo alla mia battuta. Non ci fu nessuna risata da parte della voce però.

--- No, sciocco, io sono il Signor Buio. – con queste parole, l'essere tacque.

Stavo ancora sorridendo quando capii a chi potesse appartenere quella voce e il sorriso morì sulle labbra e divenne sgomento, passai la mano sul viso e una vecchia rabbia, antica come la furia dei Titani, prese possesso del mio cuore.

--- Ah… --- dissi – così tu saresti un amico, un compagno di viaggio? Come mai allora, non entri con me? Dopotutto è da quando sono nato che mi segui, mi stai addosso, mi proibisci di… --- mi trattenni, la vecchia rabbia si faceva sentire.

--- Mio caro… --- rispose con tono gentile – quanti anni hai passato a temermi come se fossi un mostro o la tua disgrazia… ma non sai che io ho lo stesso volto per tutti gli uomini? Sei intelligente e pensavo che a questo fossi giunto ormai… --- Sembrava che quell'essere fosse seduto di fronte a me dall'altro lato della porta, dal tono di voce caldo e avvolgente pareva si fosse avvicinato. Non vedevo nulla, ma pensai che non fosse necessario: in fondo parlavo con il Buio!

--- Beh, mettiti nei miei panni… --- dissi con un certo nervosismo – credi che sia facile per me? –

--- Potrei dirti la stessa cosa, mio caro… --- rispose questi placidamente – cosa ne sai tu di ciò che mi trapassa e mi uccide? Se il cuore degli uomini o la luce divina? Io ci sono, sempre. Pensi di conoscere come vedono i miei di occhi, cosa sente il mio cuore? Credi che io sia un oggetto? Oppure un'entità? –

--- Come faccio a saperlo!? – sbottai un po' irritato – non mi riguarda…. so che per colpa tua, io non ho una vita come gli altri… ---

--- Vorresti essere come gli altri? – sembrava mi fosse accanto e la voce era dolce

– non ti rendi conto di quanto sei fortunato.. –

--- Fortunato?! – urlai – Fortunato?! Ma lo sai quanti pianti mi sei costato?! Lo sai cosa.. –

--- Lo so mio caro, io c'ero. Tutte le volte io c'ero, ci sono anche adesso. –

Mi colpì quell'insistenza, come se fosse stato costantemente presente accanto a me, come se lui avesse sempre conosciuto il mio dolore di non vedere la notte lo splendore di luci nel cielo e lo avesse sopportato con me.

--- Quando c'è un'ingiustizia a questo mondo, tutto si complica. – continuò Mr Buio – cercare di vivere inseguendo la giustizia è la via per complicare ancora di più le cose. Tutto nasce e muore semplice. ---

Parlava con grande tranquillità e sebbene facessi di tutto per non ascoltarlo non potei davvero farne a meno. Le sue parole mi scorrevano sulla pelle dolci e comprensive. Guardai giù e la stella ruotava come una galassia: ora s'era fatta un po' più biancastra. Rimanevo lì a fissare nel vuoto cercando il viso del mio interlocutore.

--- non avere timore… --- disse questi, intuendo il mio disagio per non riuscire a vederlo in volto – non ti voglio ingannare, tu sei l'unico che mi vede per ciò che realmente sono. –

--- perché sei qui? – domandai deciso e irritato.

Silenzio.

--- potrei farti la stessa domanda.. – replicò sereno.

--- Basta con i giochetti! È tutta la vita che giochi con me, ora basta! Rispondi! – sbottai.

--- se ti dicessi che io sono sempre stato qui, che sei tu ad essere apparso a me? – , sornione.

Mi sporsi tenendomi alle maniglie del treno e guardai giù: --- qui? Dov'è qui? – chiesi più a me stesso che a lui.

--- Qui sei nella mia casa tra una stella e un'altra, tra gli spazi e le luci. –

In quelle parole così dense di verità percepii un'immensa solitudine: la sua.

--- Non cercare nella mia condizione risposte che riguardano la tua. – continuò Mr. Buio – tu sei qui perché hai scelto di esserci. –

Ricominciò il mal di testa e iniziai ad agitarmi. Non sapevo che cosa intendesse dire perciò risposi che non avevo idea del motivo per cui ero su questo treno, né perché continuassi a viaggiare.

---   Talvolta   le   scelte   che   facciamo   non   sono
        direttamente utili:spesso imbocchiamo una via perché siamo costretti. –

Le sue parole erano tombali, ma ancora non riuscivo a capire cosa c'entrassero con me:

--- potresti spiegarti meglio? Vuoi dire che io ho scelto? Cosa ho scelto? –

--- Hai scelto la vita. – disse con decisione --- con tutto te stesso hai scelto di vivere, io sono qui per aiutarti, come sempre. – ci fu un gran silenzio.

--- Guarda quella stella… --- mi disse la voce – quella è la tua meta, ma il viaggio dipende da te, tu vuoi vivere? –

La domanda mi colse impreparato: cosa c'entrava il voler vivere con un viaggio in treno, per quanto assurdo fosse? E i sogni che continuavo a fare? Non capivo la sua domanda perciò non seppi rispondere. Mr. Buio non aveva fretta.

Rimase in silenzio ad aspettare.

– non capisco… --- dissi io – cosa c'entra il voler vivere? Sono in pericolo di vita? –

--- Non so, sei in pericolo di vita? – domandò lui di rimando facendomi imbestialire:

--- ma scusa! Io chiedo una risposta e tu la esigi da me?! Prendi in giro? – Silenzio. Feci un bel respiro e cercai di riflettere: se ero io ad aver deciso di salire su questo treno, allora potevo smettere di viaggiare, se lo avessi voluto.

" Forse sono morto…" pensai.

--- O forse non ancora… --- disse Mr. Buio continuando il mio pensiero. Guardai fuori cercando invano il suo sguardo. Aveva ragione, ma non capivo in che modo. Il mal di testa si era fatto opprimente. Intuendo lo sforzo che stavo compiendo o forse perché aveva finito il tempo a disposizione, Mr. Buio continuò:

--- cerca di riflettere con pacatezza: la mente degli uomini è un luogo delicato, non essere violento con i tuoi pensieri. Ora va. Mi occuperò io di tutto. –

L'aria si fece più rarefatta: era ora di partire.

– Aspetta! --- gridai – io voglio vivere….--- ammisi sottovoce.

--- Lo so. – mi rispose lui e la porta lentamente si chiuse scorrendo e sigillandosi, lasciando ancora delle incomprensioni tra noi. Il treno si scosse, cigolò e lentamente riprese a muoversi. Andai di corsa ad un finestrino per vedere se fosse ancora lì: fuori era Buio, come sempre.

Dove sei?

Il paziente 109 era ormai in ospedale da due mesi. Non accennava a svegliarsi, tuttavia le fratture e i profondi tagli guarivano lentamente. Questa situazione rendeva ancora più penosa la vista per i parenti e amici che quasi ogni giorno venivano a trovarlo. Sembrava si dessero il cambio apposta: arrivavano col treno, passavano in ospedale e poi ripartivano. Il 109 infatti aveva solo amici della sua città. Erano amici d'infanzia spariti per anni e poi ripresentatisi perché avevano saputo la notizia. Compagni di scuola. Una sola domanda li accomunava tutti: perché? Perché proprio a lui?

È interessante notare come una semplice domanda possa poi crearne molte altre.

" allora perché non è successo a me?" " potevo essere io al suo posto"

" certo che è destino…" e così via. Sono certamente le disgrazie a rendere chiara per un attimo un'esistenza, non solo le altrui, anche quelle personali rimaste dentro noi stessi. Ciascuno in quell'ospedale reagiva a modo suo, insomma.

Il 109 non aveva di questi pensieri, tipici dei viventi e dei coscienti: oggi quali sono i miei impegni? Perché devo lavorare? Quale considerazione hanno di me? Perché succede? Ama un altro?

Il 109 aveva ben altre gatte da pelare. Non aveva tempo per congetture, parafrasi o specchi per le allodole. Nemmeno per analisi scientifiche del perché o del per come; non parole o discorsi lunghi e inutili, né noia o gioia. Non esisteva tempo, né spazio.

Il 109 riposava immerso in un sonno profondo. Come un'abile apneista, che vuole andare sempre più giù per allenarsi e di quello che succede in superficie coglie solo frammenti di parole che lo riguardano, così Il 109 stava in silenzio ad ascoltare se ci fosse qualcosa che si era dimenticato. Forse un suono, molto flebile, lontano e in fondo all'abisso, che per udirlo avrebbe dovuto restare in silenzio assoluto e in meditazione. Riteneva che non avrebbe avuto senso la vita al risveglio se non lo avesse trovato: meglio non svegliarsi affatto. Il lento scorrere del tempo e la realtà lo avrebbero annoiato oltre ogni dire. Si sarebbero spenti, a poco a poco, come gli stoppini di quelle lampade ad alcool quando questo si consuma. No, lui voleva vivere. Lo desiderava prima e sopra ogni cosa, ma voleva farlo bene, con coscienza. Non avrebbe mai potuto trascurare una così importante sensazione senza provare a cercarla, non era da lui.

" Perché non si sveglia?", a bassa voce, preoccupati, gli amici.

E' un diritto dei "vivi" quello di lamentarsi, ma il 109 non aveva la possibilità di farlo. Egli percepiva tutto quel dolore dei parenti e li osservava con curiosità quasi non ricordasse le reazioni a questi sentimenti. Li guardava stupito, chiedendosi il perché di quello strano comportamento.

L'unica persona che poteva capire la situazione nella sua complessità era Maurizio. Si rammentò all'improvviso di un vecchio professore di anatomia all'università, una mente brillante e appassionata, che spiegava quella materia di immagini con un tale trasporto che lo studente era invogliato a comprendere e a "vedere". Un uomo di semplici regole e precetti:

--- l'anatomia umana – diceva – non deve essere studiata ma compresa. Questo è il modo migliore per accostare ciò che non si conosce. –

Maurizio ricordò la propria arroganza giovanile, frutto dell'amore spassionato per la medicina, e il suo primo disastroso esame di anatomia: bocciato. Fu un duro colpo per il primario.

– vedi Maurizio… --- gli spiegò quello strano professore quando lo bocciò – tu studi e lo fai bene, ma permetti alla tua fantasia di non avere rigore e regole. Non c'è nulla di male nel fantasticare, ma l'anatomia ha norme ben precise che tu devi rispettare a prescindere che ti piacciano o meno. Ti boccio perché sono convinto che la tua delusione e la tua rabbia ti siano molto utili per migliorare il tuo rapporto con l'anatomia.---

" Che belle parole…" pensò Maurizio, quel giorno in corsia mentre dal vetro osservava il 109. " …ma quanto fu difficile per me accettarle… ecco forse per quel ragazzo è difficile accettare certi fatti come una sconfitta o un'ingiustizia. Per questo forse, non si sveglia…".

Non sapremo mai la verità e in fondo non è importante: alcuni traggono la propria energia da quello che accade loro intorno, altri da quello che pensano debba essere la vita, ma non conta ai fini dell'esistenza.

" Il paziente migliora, questo è importante…" pensava Maurizio per i corridoi nel suo giro visite; " certo, non lo si potrà tenere con noi ancora a lungo, tuttavia, c'è ancora del tempo…" .

Di quattro sondini che il 109 portava sul corpo, soltanto tre erano rimasti: quello per nutrirlo, per farlo urinare e quello per respirare; sembrava che la situazione stesse lentamente migliorando: dipendeva tuttavia dai momenti. In alcune situazioni il paziente aveva violenti scossoni, altre volte sorrideva o sputava. Di notte spesso lo si sentiva russare, sembrava prendesse in giro tutto l'ospedale poiché ad ogni controllo di routine risultava sempre incosciente. Uno strano caso, senza dubbio. Le infermiere erano terrorizzate dal 109, le più religiose bisbigliavano quando parlavano di lui:

--- ha il Diavolo in corpo! – dicevano tra di loro negli angoli delle mense o della caffetteria.

– ve lo dico io! Ah ci fosse il buon Don Paolo, provvederebbe lui..! Che Dio lo protegga! –

--- Ma dai, Maria, davvero pensi che sia posseduto? – rispondeva la più scettica del gruppo con l'aria cinica e la sigaretta tra le dita magre e bianche – è semplicemente un paziente in coma, è normale che si muova… ---

--- è posseduto, vi dico! Il buon Don Paolo lo diceva sempre: i disegni del Maligno sono misteriosi e insidiosi! – la cattolicissima signora di mezza età allargava gli occhi azzurri e arrossati per la stanchezza fissando e fulminando la sua scettica collega: non amava essere messa in ridicolo, specie su un argomento così serio come la fede!

--- sapevate che Veronica, quella del terzo piano, quando ha medicato il 109, pare sia successo qualcosa di strano… --- intervenne la terza seduta al tavolo: una donnetta asciutta come un'acciuga dai capelli grigi e gli occhi piccoli, la sua voce era tremolante e acuta;

--- Oh sì! Lo abbiamo sentito! – fecero in coro le altre due – pare che un tatuaggio si sia mosso, non è vero? –

--- Sì! ...e il primario è fuggito via spaventato..! che tempi! – rincarò la terza infermiera – che tempi! Eh! Quando era vivo il buon dottor Fulli queste cose non accadevano! Avrebbe subito chiamato la Neuro! Altro che esorcismo! Bah! – e finendo con un sorso il caffè, la donnina asciutta si alzò.

--- Beh certo è... --- disse la cinica con un sospiro --- ...che questi medici di oggi non sono tutti a posto, ci vuole una nuova amministrazione! Io lo dico da anni! – e battendo una mano sul tavolo schizzò in piedi – vado a finire il turno.. –

Così dicendo si dileguò; la terza infermiera rimasta sola si dava da fare con il cellulare:

" Devo chiamare mia sorella e raccontarle tutto, spero che domenica ci sia quel bravo parroco..." e sorridendo amabilmente al pensiero del bel viso giovanile del nuovo prete componeva il numero della sorella.

Qualcuno rimpiange un prete, chi un primario morto e chi una nuova amministrazione. E il 109? Dormiva nella sua stanza e stranamente sorrideva, lui non aveva di questi problemi.

79

Dominus Timorem

Non so quanto rimasi a riflettere sulle parole del Signor Buio: forse passarono ore o giorni. Il treno sfrecciava con la solita indolenza sballottandomi di qua e di là sempre verso la sua meta, il buio. Mi stavo abituando a quello strano ambiente: passavo il tempo sdraiato sui sedili degli scompartimenti a fissare la luce al neon sopra di me e a riflettere. Non era per nulla noioso o angosciante: aspettavo, e per il momento non aveva alcun senso agitarsi. Se non riuscivo ad ottenere una risposta subito, dovevo pazientemente attendere.

Dormivo volentieri ma a sprazzi, spesso vagavo per il corridoio, curiosavo da tutte le parti: nei pannelli elettrici, nelle pattumiere vuote e dentro gli scompartimenti. Ero sereno. Uno strano sorriso mi stava appicciato sul volto, lo intravvedevo con la coda dell'occhio nei molti specchi del vagone e mi compiacevo perchè mi aiutava a capire meglio che cosa provavo: pazienza. Finalmente mi sentivo in grado di attendere.

Stavo finendo uno dei miei soliti, inutili giri, quando in un angolo sul pavimento notai una macchia.

" quella prima non c'era…" pensai.

Era piccola, rotonda e di colore scuro. Mi avvicinai a toccarla: di un liquido denso, guardai le dita, sangue? Controllai le mani e il corpo: non sembrava essere mio. Mentre stavo per alzarmi, ne notai un'altra poco più avanti. Poi un'altra ancora: tutte di diverse dimensioni apparse dal nulla. Fissando quelle macchie provai un certo disagio. Pallore, diceva lo specchio di fronte a me. Le macchie continuavano ad apparire, come se sulla moquette del corridoio fosse passato qualcuno insanguinato. Cominciai ad avere paura. Mi accorsi che tutti quei puntini rossi formavano un percorso: lo seguii. Arrivato dinnanzi ad uno scompartimento chiuso e con le tende tirate mi stupii perché non l'avevo notato fino a quel momento, anzi mi sembrava fossero tutti aperti e con la luce accesa.

Il continuo sferragliare del treno era divenuto aggressivo, le macchie sparivano sotto la porta, deglutii e la aprii: immediatamente le mie coane furono assalite da un odore intenso di sudore e di sangue rappreso. Dentro era buio, le tende erano ancora tirate, non sapevo che fare.

Questo viaggio non aveva nulla di normale; era infatti diventato chiaro che esistevano tappe piacevoli e gratificanti come il dialogo con il Signor Buio e i fiori spuntati dai sedili, tuttavia esisteva qualcosa di pauroso e ostile: mi bastò pensare all'esperienza del bagno a cui questa somigliava parecchio. Avevo paura, quel terrore freddo come quando si sa di essere soli e non c'è scelta: tirai la tenda.

Notai che il neon dello scompartimento aveva dei problemi: la luce andava e veniva a flash, occorse qualche minuto per capire chi fosse presente nella stanza.

--- Allora, che fai? Vuoi entrare o no? – disse una voce rauca e cupa che mi fece rizzare i capelli e un brivido gelido mi percorse la schiena. Là, semi sdraiato sui sedili stava un uomo, lo distinguevo appena per via della luce intermittente. Il capo biondo era l'unica cosa che vedevo bene. Qualcosa di scuro copriva il pavimento, le pareti, gli specchi e il finestrino. Appena entrai la luce si stabilizzò come per magia. Lo spettacolo fu raccapricciante: quello che sembrava un liquido scuro divenne rosso vivo ed era dappertutto. L'uomo stava appoggiato su un fianco e il vestito nero che portava era fradicio di quel liquido spaventoso. Era pallido e con una mano reggeva la testa e con l'altra tamponava la gamba destra da cui usciva copiosamente sangue. Il lezzo era insopportabile. Quando lo vidi non potei fare a meno di lanciare un grido e chiudere gli occhi.

--- Eh eh eh… --- ridacchiò l'uomo – non dirmi che ti fa paura un po' di sangue… ho sempre saputo che sei un codardo… --- la sua voce era biascicante e tetra.

--- Tu… --- balbettai io – tu chi sei..? –

--- Puoi chiamarmi Mr. Never… ma noi due ci conosciamo bene, non è così? – disse l'uomo con sarcasmo alzando la testa e fu allora che lo riconobbi: il killer spietato che mi fissava dallo specchio del bagno di quel treno maledetto! I suoi occhi erano bianchi come se le iridi non avessero colore, i capelli biondo platino erano lunghi e sporchi di sangue qua e là.

L'uomo rise. – Mi riconosci ora? Stupido idiota… --- disse con ferocia – metti giù il culo – m'intimò.

Obbedii e sedetti di fronte a lui senza pensare al sangue caldo che era sul sedile e che impregnò i pantaloni facendomi rabbrividire.

--- Sì… --- dissi io – ora ti riconosco, tu sei quello che voleva uccidermi.. – Mr Never rise – io ucciderti?! –

Rise più forte, sadico, poi cominciò a tossire violentemente e sputò; rantolava e ed era sempre più pallido. Notai che la sua gamba destra era forata all'altezza della tibia, pensai che anch'io ero stato ferito alla gamba, in sogno o nella realtà, quand'ero il killer che uccideva stupratori e ladri, ritenendomi per questo un eroe.

--- sei contento di quello che mi hai fatto, bastardo?! – domandò con ferocia inaudita – eravamo una grande squadra, centinaia di contratti insieme ed è così che mi ripaghi? Farmi morire come un cane! – Never inveiva come un torrente in piena. Era spaventoso, tremavo letteralmente dalla paura.

--- Non capisco che stai dicendo! – sbottai quasi sull'orlo del pianto – Io ero te, non posso averti ferito io…! –

--- Tu credi? Sei più stupido di quanto mi aspettassi… --- sorrise amaramente – pensi di essere innocente perché uccidevi ladri e stupratori? Le tue mani sono sporche come le mie! Chi credi che premesse il grilletto in quel campo di grano o su quella torre? – urlava Mr. Never – eri tu! Io ti ho solo aiutato… perché sei un debole! ---

--- Non capisco… --- farfugliai tenendo la testa con tutte due le mani: forse stavo ancora sognando, ero confuso e il mal di testa mi stava uccidendo.

--- smettila di compatirti e reagisci! – proseguì Never – è tutta la vita che piangi! Vuoi fare come quelli là fuori? – disse indicandomi con la mano lorda di sangue il finestrino buio.

– vuoi fare il fallito come tutti quelli che per strada ti evitano e ti guardano come un mostro? Loro sono migliori di noi? Perché? Perché ci vedono meglio, perché possono vivere la loro vita senza problemi?! – riprese a tossire violentemente.

--- sono dei falliti – disse con voce terribile – dei falliti che meritano di morire. Ed è quello che tu vuoi da tempo immemorabile. Abbandona finalmente questi sogni inutili di killer---eroi e affronta la realtà con me. Tutti meritano di morire. – Ascoltavo quelle parole, atterrito. Sentivo che una parte di me gli dava ragione; sentivo che finalmente il mio risentimento prendeva corpo in quell'uomo ferito a morte, che era lui il mio giustiziere, la mia personale vendetta per tutte le incomprensioni subite, gli scherzi idioti e le umiliazioni. Lui avrebbe fatto giustizia. Sì giustizia. Avrebbe creato la pace dal sangue, lo stesso di cui era intrisa quella stanza. Tremavo follemente. Tremavo perché avevo il terrore che avesse ragione. Lui continuò:

--- vuoi dirmi che non apriresti il cranio a tutti quelli che non ti capiscono? Che non spareresti alle ginocchia di quelli che si sentono superiori, che ti sfidano e che pensano di conoscerti? –respirava a fatica.

--- è l'odio che ci tiene vivi. L'odio ci permette di dimostrare realmente chi siamo... --- rideva, Mr. Never poi si fece serio, pensieroso, una nube gli attraversò il cervello e la sua espressione divenne di rammarico e di rabbia:

– Ah è vero, sì, è vero, tu stai cambiando, non è così? – e sembrò senza forze.

--- Io...non capisco.. – balbettai.

Mr Never trasse la pistola dalla tasca e me la rivolse contro:

– vediamo se hai le palle per dimostrarlo, allora! – Aprì il fuoco: il proiettile mi entrò nel braccio. Urlai.

--- Ah! Colpito! – gioì sopra le mie grida. Il suo viso già pallido divenne diafano ed allungandosi in modo soprannaturale mi spingeva la canna della pistola nella ferita. Piangevo come un bambino, e lui premeva più forte la canna della pistola contro il buco nella spalla.

--- Cosa vorresti farmi adesso?! Avanti dillo che vorresti uccidermi! Dillo! – mi bisbigliò all'orecchio, prese la mano e mi fece impugnare la pistola che appoggiò sulla sua tempia.

--- spara avanti! – gli occhi bianchi erano feroci: non riuscivo a distogliere lo sguardo dal suo. Tra le lacrime e il dolore crebbe anche la rabbia e quasi d'istinto la premetti digrignando i denti, e armai il cane.

--- così, bravo... --- sorrideva il killer – tra poco sarà tutto finito e potremo tornare al lavoro... --- rideva – ah! Vaffanculo a tutti quegli idioti che non capiscono, che non sanno cosa vuol dire essere davvero ciechi! Io so, io capisco... Spara! Non sei cambiato un accidente, smettila di illuderti! –

Ad un certo punto il tempo parve fermarsi. Non so quanto rimasi con quel freddo e pesante pezzo di acciaio in mano puntato contro la tempia di quell'essere orribile: lo odiavo, lo avrei fatto a brandelli. Provavo solo rabbia nei suoi confronti, ma poi accadde una cosa strana: laggiù in fondo a quell'ira smisurata, disordinata e piena di urla di dolore, vidi qualcosa, simile ad una luce. Non più grande di una moneta, mi accorsi che quando la osservavo per distogliere gli occhi da tutta quella violenza, mi sentivo bene. Compassione, si chiama. D'istinto capii che era la cosa giusta: compresi che tutto quel terrore poteva essere vinto. Smisi di piangere e la spinta con cui premevo la pistola sulla testa di Mr Never venne meno. Egli se ne accorse:

--- cos'è..? Ti caghi sotto? – sorrise in segno di sfida. Sorrisi anch'io e risposi:

---Si... ---

Lo sguardo di Never cambiò di botto e ripresa in mano la pistola mi colpì il viso facendomi saltare un dente:

--- Non vali un cazzo! – sbraitava – sei una nullità, tutti a questo mondo lo sapranno e tutti ti calpesteranno! Devi reagire! Devi schiacciarli! Mordi la mano che ti offre cibo, ce ne sarà sempre una che te ne darà di più! – picchiò ancora.

Il dolore fu pungente ma non m'impedì di sorridere. Certo io non sono un eroe o un uomo particolarmente coraggioso, sapevo soltanto che se fissavo la luce rotonda non sentivo altro che il solo dolore fisico. Come avere il vuoto intorno, galleggiavo lontano da ogni crudeltà e pensiero negativo. Alla fine non sentii nemmeno i suoi insulti, mi pestava selvaggiamente e il mio sangue usciva copiosamente da viso e braccia, ma io sorridevo. Questo lo fece infuriare ancora di più, alla fine armò la pistola e me la appoggiò alla fronte urlando:

--- Smettila di sorridere! – Io per tutta risposta dissi:

--- io non ho più paura, e tu?… ---

Gli sorrisi dolcemente. Sparò. Caddi nel buio.

Dominus Suavitatis

Mi aveva sparato alla testa. Poco prima del buio avevo sentito l'osso del cranio rompersi. È curioso: ora che dominava solo il nero e il silenzio, quella sensazione di frattura ossea mi echeggiava nella mente.

" quindi sei morto…?!" mi sussurrava con insistenza una vocina nell'oscurità. Non risposi, piuttosto godevo del luogo tiepido e accogliente in cui mi trovavo. Quando ero bambino vedevo nel buio un sacco di esseri curiosi: macchie più scure di altre che prendevano forme di orchi o di uomini incappucciati. Stavo ad osservarli con gli occhi sbarrati da sotto le coperte e chissà perché non avevo paura. Pensavo che se quelle macchie fossero demoni o fantasmi malvagi pronti ad aggredirmi, tanto valeva chiudere subito gli occhi. Così spesso mi addormentavo.

Mi sentivo come nell'utero materno. Non percepivo odori, rumori o luci, tutto era sospeso e fermo, ma in qualche modo quel luogo era vivo, come se respirasse.

" finalmente potrò dormire un po'…" convenni e immediatamente sbadigliai. Mi disposi a quella condizione d'animo adatta ad accogliere Morfeo: la pace e il silenzio. Egli però non venne. Come il soldato di vedetta alla torre che vede rischiararsi il cielo e attende l'alba con trepidazione, io attendevo il colpo stordente finale dalle mani di quel Dio suscettibile. Aspettavo di liberare le mie membra e vedere cosa ci fosse per me nel mondo dei sogni. Nulla da fare: tenevo gli occhi chiusi ma percepivo di essere ancora cosciente. Il tempo si allungò e lo spazio si dilatò, poi stanco di avanzare nel nulla riaprii gli occhi. Mi apparve quella che all'inizio sembrò la volta di una stanza: al centro di essa stava una luce dalla forma ellittica e il soffitto era pieno di buchi regolari. Fu il suono acuto e stridente della sirena del locomotore che mi fece capire d'essere ancora su quel treno. Immediatamente mi tirai a sedere: stavo sdraiato sul pavimento dello scompartimento e davanti a me il solito finestrino buio. All'improvviso mi tornò in mente tutto: il discorso di Mr. Never, il sangue e lo sparo. Toccai la tempia, la sentivo calda e umida. Un brivido mi scosse con forza, come quegli attacchi di freddo e di gelo che vengono quando si ha la febbre e ci si alza troppo in fretta dal proprio letto. La testa mi doleva qui a sinistra, leggermente sopra il sopracciglio, un dolore pungente come se una spina o un pezzo di vetro fossero conficcati nella pelle. Passai la mano e percepii un buco circolare, incredibilmente preciso all'attaccatura dei capelli.

"Allora mi ha sparato davvero…" pensai.

La paura non tornò, ci fu invece una crescente sensazione di fastidio come se qualcosa fosse incastrato nella testa. Presi coraggio e introdussi un dito nel buco sulla tempia, non provavo dolore, almeno non in maniera eccessiva, sentivo però dopo pochi millimetri di profondità un qualcosa di duro che sbarrava la strada al mio polpastrello.

" Che cavolo è…?" domandavo cercando di intuirne le dimensioni e i bordi. Volevo assolutamente togliere quel maledetto corpo estraneo Mi feci coraggio e insieme al primo dito ne introdussi un secondo tenendolo a pinza col primo. Il foro si allargò e gli occhi cominciarono a lacrimare pesantemente, pungeva da morire. L'oggetto era rotondo, sembrava perfetto per il buco in cui era infilato. Per un attimo percepii una scanalatura con l'unghia e facendo leva su di essa, tirai. Con uno schiocco secco che sentii in tutte le mie ossa l'oggetto venne fuori dal quel pericoloso ricettacolo. Era un proiettile lungo circa tre millimetri, sembrava d'oro.

" Allora mi ha sparato!", ripetei attonito.

Preso dal panico mi alzai e guardai lo specchio. Il buco era di dimensioni modeste e nonostante avessi tirato fuori il proiettile, non sanguinava. La cosa mi tranquillizzò:

" forse non ha leso nulla di importante…" pensai, e ricercai la possibile spiegazione anatomica: non la trovai. Trassi un bel respiro e decisi di non preoccuparmi oltre, ormai era chiaro che non ero io a dettare le regole in quello strano gioco.

Ad ogni buon conto tenevo in mano un proiettile appena estratto dalla testa e non ero morto: piacevole constatazione, che subito volli condividere:

" Beh… se va bene a te.. contenti tutti!" dissi guardando verso il soffitto.

Ero convinto che Dio fosse lì, dietro l'angolo, ma come sempre non si mostra mai in tutta la sua interezza. D'un tratto, sotto il solito rumore del treno, mi parve di udire una litania provenire dal corridoio; mi alzai e guardai fuori: nessuno. Tesi l'orecchio e in effetti udii qualcuno cantare dallo scompartimento prima del mio. Con cautela mi avvicinai, pareva una preghiera perchè si ripeteva continuamente. Stavo per varcare la soglia dello scompartimento, quando mi sentii afferrare la gamba:

--- Uaaaahhh!! – urlai d'istinto, persi l'equilibrio cadendo piatto sulla schiena. Sentii ridere, tirai su la testa e un piccolo bambino biondo correva divertito nel corridoio: nudo e bianco come un raggio di luna.

--- Buongiorno, mio caro! – mi interpellò una figura dalla porta dello scompartimento, un ragazzo vestito con una tunica color porpora, un saio dello stesso colore e un rosario di semi tra le mani.

--- mio…mio caro? – balbettai fissandolo intontito. Questi sorrise. Aveva la testa rotonda, rasata e gli occhi a mandorla:

--- Ma certo! Mio caro! – disse allargando le mani alla parola "caro" --- perché non entri e ti metti seduto? – disse spostandosi e indicando con la mano accanto a sè. Obbedii.

--- Allora, cosa fai qui? – domandò il ragazzo con un sorriso dolcissimo – non dovresti stare là fuori? – e indicò col mento il finestrino buio.

All'improvviso il bambino entrò e senza tante cerimonie si buttò sul sedile agitando le gambette, poi si girò e prese a fissarmi.

– Ioio! – gridai d'istinto vedendolo in viso: era proprio il bambino che avevo sognato con tanto realismo; --- ma allora tu sei… --- dissi indicando il monaco che mi fissava divertito.

--- Aysiatha! –, anticipò allegro il religioso.

Mi lasciai andare contro lo schienale. Improvvisamente ricordai l'altro protagonista dei miei sogni, Mr. Never, e impallidii. Mentre quel senso di terrore mi attraversava il cervello, Ioio afferrò la mano e agitando i piedini mi guardò: i suoi occhi erano verdi e belli, ma c'era altro, erano vivi e puri. Alla fine compresi: quella stessa luce che mi aveva salvato da Mr Never, ora stava lì negli occhi di quel bambino.

--- eccola quella luce…--- dissi, forse ad alta voce.

--- non avere paura… --- il monaco parlava con un altro tono, quasi materno.

– voi esseri umani siete davvero fortunati, quante cose incredibili vivono in voi. Non temere ciò che sei, non temere di non essere adatto al mondo. Sei nato, non è già una dimostrazione? –

--- una dimostrazione di che cosa? – risposi quasi bisbigliando. Aysiatha si inginocchiò ai miei piedi e presami l'altra mano, continuò:

--- una dimostrazione del fatto che sei molto altro… che ci sono posti, luoghi, persone e demoni che ti rappresentano, in parte: è la comunione con Dio. Tutti gli esseri sono legati da un filo: non è destino, ma libero arbitrio, la libertà di fare del bene e capirne il valore. –

Le sue parole raggiungevano direttamente i miei pensieri, percepivo quell'energia così singolare e il mio cuore si gonfiò fino alle lacrime. Non solo erano verità, ma anche fatti da mettere in pratica e non da domani, tra un mese o un anno, ora. Sapevo che potevo farcela: me lo stava dicendo lui, lo ripetevo io da chissà quanto tempo.

Aysiatha mi guardò con affetto: --- A volte allontanare il male che vive in noi stessi può sembrare l'unica soluzione per continuare ad andare avanti , ma il primo passo è sempre l'accettazione. Io penso che tu non abbia ancora scelto in maniera precisa "in che modo vivere" la tua ricerca del coraggio, lo stesso che ti ha permesso di essere qui con me ora, che ti fa affrontare il mondo là fuori e che ti stimola nella ricerca di te stesso. –

Facevo difficoltà a stare dietro al suo filo di pensieri e improvvisamente mi venne voglia di fuggire, di andarmene da quei due strani esseri, rifugiarmi in un angolo e finalmente riflettere da solo. Aysiatha intuì lo stato d'animo:

--- Caro 109, tu sei già con te stesso… --- sorrise

---109? Perché mi chiami così? –

--- c'è qualcuno da qualche parte che ti chiama così. –

--- da qualche parte? Dove? –

--- a casa. – rispose lui divenendo serio.

--- Casa… --- dissi sottovoce – mi manca casa mia… come posso fare per tornarci? Dove siamo qui? – domandai al monaco.

--- dove siamo? – rispose questi sorridendo – siamo in viaggio! il punto è… --- fece una pausa e mi guardò fisso: --- tu vuoi mettere fine a questo viaggio? –

--- Vuoi dire morire? – dissi io impallidendo; il monaco rise di gusto:

--- morire?! Ahahaha!! Certo che no! Come si può morire quando non si è mai vissuto? – mi chiese con gli occhi lucidi alzandosi e allargando le braccia.

Ioio si era addormentato contro la spalla, la mia mano era ancora tra le sue.

--- Io ho vissuto! – ribattei con orgoglio.

--- Tu hai guardato vivere te stesso… --- sentenziò il monaco con un'aria propria di chi sa quel che afferma: --- devi ancora cominciare la tua vita, a lottare per essa.--- e dopo una breve pausa:--- sei qui, perché non vuoi lottare… –

Non capivo cosa intendesse dire. Ero su quel treno dannato per mia scelta? Per evitare di combattere cosa? Tutte queste domande senza risposta rimbalzavano in testa confondendomi e cominciai a sudare. Aysiatha mi appoggiò una mano sulla fronte, era fresca:

--- cominciare a porsi delle domande è il miglior modo per iniziare a vivere… --- i suoi occhi erano teneri – riposa un po', sei stanco, mettiti vicino a Ioio… ---

Così dicendo tolse la tunica, mi aiutò a e mi coprì con essa; era profumata di incenso. Il piccolo Ioio si era accoccolato accanto a me e si stringeva al collo, provai un'intensa tenerezza, piansi silenziosamente.

Il monaco sedette in terra a gambe incrociate e sorridendomi chiuse gli occhi.

Iniziò ad intonare una preghiera:

--- gategate paragate parasamgate bodhi svaha… gategate paragate parasamgate bodhi svaha… ---

La voce era dolce e il Mantra si sparse nella stanza riempiendomi di pace e dolcezza: chiusi gli occhi ancora pieni di lacrime, avvolto da un amore mai provato prima.

Mauri

Da giorni Maurizio era agitato. Non che esistesse un motivo ben preciso, piuttosto una sensazione crescente di fastidio nata un mattino, e poi portata avanti con perseveranza e ostinazione da qualche angolo sabotatore della sua mente. La vita in ospedale scorreva più o meno nel solito modo; da quel famoso incidente, l'unica persona che ancora non si decideva ad andarsene era il paziente 109. Sempre in stato di incoscienza, veniva regolarmente girato nel letto dalle infermiere, cambiato , nutrito e scannerizzato di continuo da TAC o macchine per la risonanza magnetica. Il risultato restava identico: a giudicare dai danni cerebrali, praticamente tutti riassorbiti, il 109 avrebbe dovuto svegliarsi da un giorno all'altro, questo però non succedeva.
"Perché? Perché?..." si domandava lo stressato Maurizio "perché diavolo non si sveglia questo ragazzo? È stata sbagliata qualche procedura? "
Si grattava la testa, per poi riaffondarla nel mare di carte della scrivania. Qualcuno bussò:
--- Non ora! – abbaiò severamente Maurizio, tanto che il visitatore si guardò bene dal farsi sentire una seconda volta. Perché fosse così teso, non riusciva a capirlo: ogni volta che si recava dal 109 una sensazione di angoscia lo assaliva, come se avesse dimenticato una terapia fondamentale… ma cosa? Dopo le approfondite analisi, Maurizio si era arreso all'evidenza.
A casa la situazione peggiorava: parlava da solo, anche di notte, inveiva contro muri e finestre. Una sera la moglie esasperata accese la luce della camera da letto e urlò:
--- La vuoi finire con questo cavolo di paziente? Sono stufa! Sono giorni che non pensi ad altro, non mangi, non dormi, sempre a torturarti se hai dimenticato qualcosa, magari l'ha dimenticata lui sul treno! – e sbuffando la signora scattò in piedi mettendosi la vestaglia; Maurizio era impallidito:

--- Che cosa hai detto? Ripeti l'ultima frase… ---

--- Che non puoi continuare a colpevolizzarti per una situazione che non hai creato… --- cominciò a spiegare la moglie.

--- Agnese, non giocare all'assistente sociale – rispose acido il marito – ripeti solo l'ultima frase che hai detto… ---

Lei sbuffò, alzò gli occhi al cielo e con le braccia conserte bofonchiò: --- che avrà dimenticato lui qualcosa sul treno… ---

Maurizio si illuminò:

--- quale treno!? – disse scendendo veloce come un missile dal letto e afferrando la moglie per le spalle.

--- Ma, il treno, naturalmente… --- , spaventata, – non hai forse detto che l'incidente di quel povero ragazzo è avvenuto su un treno? –

Se per magia al centro della stanza si fosse materializzata la Mole Antonelliana, Maurizio avrebbe provato certamente minor stupore. Fece un balzo all'indietro e bianco come un lenzuolo disse:

--- Ma certo! Che stupido, un treno!! – e precipitandosi verso la porta si fiondò nello studio a luce spenta. Agnese, una donna attraente di mezza età, sapeva bene di avere sposato un uomo certamente singolare, un illuminato, ma anche lunatico. Con pazienza infinita, scuotendo la testa, attraversò la stanza e arrivata allo studio accese la luce: trovò suo marito che rovistava in un cassetto della scrivania, tirando letteralmente in aria i fogli.

--- Cosa c'è, Maurizio? – chiese lei appoggiata allo stipite della porta con le braccia conserte.

--- Niente! Mi è venuta in mente una cosa…Ma dove cavolo è?! – si interrogò sbattendo il cassetto e gettandosi verso uno scaffale.

Già abbiamo detto del disordine organizzato di Maurizio. Dei tanti fogli che gli passavano per le mani, alcuni, per un motivo non razionalmente spiegabile, invece di finire nel cestino della carta straccia, venivano conservati.

Agnese aprì bocca quando Maurizio esclamò:

--- Eccolo! – sventolava in alto una carta: era il biglietto di un treno. Il primario stava lì in mezzo alla stanza con il pigiama a pallini, il suo preferito, con un braccio teso in aria, spettinato e un'espressione estasiata sul volto, come quella di un bambino che ha trovato il gioco che aveva perso anni prima. La moglie lo osservava e scosse la testa:

--- Tu non sei normale… --- disse tra il divertito e il serio e facendo dietrofront si diresse verso la camera da letto in silenzio.

Maurizio non sentì nemmeno l'ultima frase della moglie, poiché stava scrutando il biglietto che teneva in mano: cercava un particolare, una scritta… eccola! In alto, autografato a mano, sbiadito dal tempo, un nome ormai illeggibile e un numero di telefono di cui si leggevano solo i tre numeri finali: 109. Il biglietto era di un intercity tra Verona e Vicenza, di qualche anno prima. L'importante dettaglio, la persona che aveva scritto quel numero, chi era?

Maurizio cercò di ricordarsela… quel giorno l'auto lo aveva mollato per strada, così, già in ritardo per la conferenza, decise di prendere il treno alla stazione di Verona per Vicenza. Il primo disponibile era un intercity. Non gli venne in mente altro. Guardò nuovamente il biglietto, socchiuse gli occhi, e un flash gli attraversò le meningi:

--- Ho fatto conoscenza con qualcuno… un ragazzo… --- sgranò gli occhi, fissò nuovamente il numero: "109" sul bordo del biglietto; --- non può essere! – esclamò incredulo – non può essere lo stesso ragazzo! –

Cercò di sforzarsi:

" era un ragazzo giovane, sulla trentina che mi diede il numero perché… studiava medicina! No! Osteopatia!!". Maurizio si abbandonò sulla poltrona. " è lui, quel ragazzo, io l'ho conosciuto! Gli ho parlato!" diceva tra sè e sè; " Ma come ho potuto non riconoscerlo!?", sorpreso per la sua mancanza di memoria.

Per quanto possa sembrare assurdo, successe davvero così: il primario, sudato fino al midollo, quel giorno cominciato malissimo, era stato soccorso dalle ferrovie dello stato e precisamente dall'Intercity 625 delle 11:35 da Verona per Vicenza, dove avrebbe tenuto una conferenza sulla sicurezza ospedaliera. Giunse sfiancato nello scompartimento con gli occhiali appannati e la bocca semiaperta. Fu subito interpellato da un simpatico e invadente giovanotto, che aveva attaccato bottone. Trascorsero venti tra i più piacevoli minuti che Maurizio si aspettasse da quella giornata: i due si scambiarono i nomi e i rispettivi numeri di telefono. Di cosa parlarono? Nulla di preciso: del tempo, delle grandi città, dello smog... non furono gli argomenti che sfiorarono ad essere importanti, piuttosto il modo: genuino. Può sembrare strano, ma le persone genuine sono sempre state una razza in via di estinzione e questo era precisamente quello che pensava lo stesso Maurizio. Venti minuti. Poco. Troppo poco. Purtroppo, una volta scesi, si dileguarono nel mondo. Il loro cervello riprese a correre lasciandosi dietro, a poco a poco, quella splendida sensazione del viaggiatore. Quando si dice il senso dell'ironia dell'Eterno. Dio ha tutto un altro modo di vedere le cose.

Maurizio non sapeva cosa pensare: è stato un caso? Era destino?

Un mal di testa lo oppresse, all'improvviso. Notte fonda, stordito dall'enorme mole di sensazioni e ricordi, dolorante come se avesse corso per un paio di chilometri, arrivò a fatica nel letto. Prima di coricarsi ebbe due pensieri concomitanti. Il primo, un pressante sollecito dell'ufficio amministrativo di lasciare libera la camera del 109, venne immediatamente archiviato. Il secondo gli risvegliò l'attenzione: la sera prima, sul fondo del letto del 109 aveva intravisto un leggero bagliore. Scostate le coperte, i piedi del ragazzo erano illuminati da una strana luce paglierina. Immediatamente Maurizio ricordò uno degli argomenti di discussione con il ragazzo osteopata sul treno: ciò che per gli ebrei è definito Malikut I, cioè il Regno, in una parola il piede. La rappresentazione del proprio Io, secondo l'Albero dei Sefiroti, giace proprio nel piede.

Maurizio seppe immediatamente che il giorno successivo sarebbe stato speciale.

Il Due Di Spade

Quando riaprii gli occhi mi accolse lo sferragliare sulle rotaie. Da quanto tempo viaggiavo? Mesi? Anni, o solo giorni? Mi resi conto che avrei potuto impazzire da un momento all'altro, ma chissà perché, sentii che oggi non sarebbe accaduto. Mentre fantasticavo lì sdraiato, pensai cosa fosse rimasto della mia lucidità, del mio modo di vedere la realtà. Già, che ricordavo? Per la prima volta mi domandai come vivessi prima di questo terribile viaggio. Possedevo una casa? Stavo bene? Ero infelice? Quale tassello importante mancava alla mia vita? Non rammentavo nulla: non provavo disagio o angoscia, lasciai la mente svuotarsi, allora percepii il silenzio, quello vero, autentico, e mi rasserenai. Capii che sotto tutte le emozioni, tutte le conclusioni logiche, dominava quel silenzio. Avevo ancora spazio, tempo, idee, libertà.

Mi sono sempre considerato, per via dell'educazione, un buon cattolico, che se sbaglia ha la possibilità di pentirsi. Se il latte materno mi ha regalato con amore il segno della croce, il bacio a Gesù e la preghiera all'Angelo Custode, l'Oratorio, con annessa Parrocchia, hanno invece preferito martellare sull'onnipresente "senso di colpa" che mi ha pesantemente condizionato e pesato come un macigno. Mi costringevo a vivere nell'angoscia e nell'ansia di poter commettere continuamente errori, quasi sempre da considerare peccati.

Ora, in questo momento e su questa carrozza, regnava una pace intensa, tanto forte che apprezzai la fortuna di essere vivo e di potermela godere. Durò ahimè un attimo, poi come un guardiano severo o un carnefice scrupoloso, riapparve il mal di testa. Gemetti e dovetti smetterla con questi pensieri.

Sedetti tenendomi la testa tra le mani e cercando una ragione di un dolore così ingiusto e repentino, poi alzai il capo e osservai attorno: con grande stupore mi accorsi che entrava luce dal finestrino! Il treno era fermo e fuori brillava un bel campo verde, circondato da alberi di salice sotto un sole acceso. In quel momento provai un intenso desiderio di aria fresca. Corsi alla porta del vagone: era aperta!

Timidamente feci un paio di passi in avanti scendendo qualche gradino. Udii il cinguettio di un uccellino, un trillare allegro, un convincermi che andava tutto bene. Scesi. Il sole mi baciò la nuca ed io lo guardai in faccia: il suo calore pervase ogni fibra del mio corpo, sussurrai il nome di Dio e un'aria gentile fischiò per tutta risposta. Voltai lo sguardo attorno, in particolare verso la carrozza.

" Com'è possibile,,,?", totalmente sorpreso.

Quello che ritenevo fosse un treno in movimento appariva in realtà un solo vagone dall'aspetto trasandato: tutti i vetri erano infranti, una parte della fiancata esterna arrugginita e nera come se fosse bruciato tempo addietro. La vernice, una volta blu, era vistosamente scrostata e le piante rampicanti avevano colonizzato le ruote, i freni e la parte posteriore. Un brivido mi percorse la schiena.

--- Un vagone in mezzo al nulla? Che sta succedendo?--- quasi gridai ad alta voce. Non esistevano i consueti elementi di un treno: né un locomotore, né altre carrozze, né binari. Neppure una stazione o una strada nelle vicinanze! Il campo verde era immenso, si confondeva con l'orizzonte.

Da un grande salice l'uccellino cantava la sua melodia e per quanto assurdo fosse, sembrava si rivolgesse a me. Così ritrovai il sangue freddo e cominciai a ragionare: " Sono stato tutto questo tempo su un vagone abbandonato in un campo? Perché non me ne sono accorto prima? ".

Rientrai nella carrozza e, pur prevedendolo, rimasi sorpreso: l'interno, prima nuovo e accessibile, era ora uno scheletro di lamiere e ruggine. Gli scompartimenti si mostravano sventrati e i sedili, prima adornati di piante e fiori, apparivano scarni e mangiati da un vecchio incendio.

Sempre più confuso, non sapendo che fare, scesi, sedetti contro il tronco del salice e attesi: avevo la sensazione che le risposte che cercavo si sarebbero fatte vive di lì a poco. Notai che dietro il tronco contro cui ero appoggiato si snodava un sentiero che giungeva ad un gruppo di alberi alti, dalle fronde generose. Balzai in piedi dirigendomi verso la radura. Fu una bella sensazione camminare di nuovo all'aperto dopo tanta immobilità e le gambe impiegarono qualche tempo ad obbedirmi senza storie. Giunto al limitare del bosco notai uno spiazzo erboso al centro del quale sorgeva un gazebo di legno di colore rosso acceso e sormontato da un piccolo tetto blu di tegole. Vidi due figure: la prima sostava in piedi, alta e vestita di nero, portava lunghi capelli che oscillavano alla brezza; la seconda era invece seduta ad un tavolino e sorseggiava da una tazza quello che pensai fosse the. Man mano che mi avvicinavo, un profumo di lavanda mi pervase le narici facendo dissipare le mie paure.

Si materializzarono dinnanzi agli occhi, come un film, le estati della mia infanzia che trascorrevo con la famiglia nella casa di montagna. A dire il vero passavo le giornate con una persona in particolare: mia nonna. Con lei avevo un rapporto speciale. Agli occhi di un nipote, il nonno o la nonna possiedono molto più carisma di mamma e papà, perché il bambino li vede come un confidente, un amico, un mentore. Ero affascinato dal modo di agire di mia nonna Elsa che già dai primi anni di vita volevo imitare. Una donna spontanea e molto legata alla natura, ai fiori, a tutti gli esseri viventi. Mi trasmise l'amore per la vita, l'importanza delle cose che finiscono e che rinascono di nuovo: il ciclo dell'esistenza. Da bambino, quando seduti sul prato mi raccontava della guerra e degli orrori dei bombardamenti, percepivo letteralmente la sua angoscia e il suo dolore. Tutto ciò era mitigato dal modo sereno e caparbio di raccontare. Grazie a lei ho imparato a rispettare, e in certi casi, riconoscere le cose invisibili, le energie che ci legano placidamente gli uni agli altri e a Dio. Non che fosse una santa, era talvolta scontrosa e diffidente, ma il buonumore riusciva a spuntarla. Una donna forte e testarda, che però in fin dei conti mi piaceva poiché sentivo in lei tanta esperienza e dolcezza. La sua vigilanza per la vita di tutti i giorni era incredibile, non perdeva mai un colpo o l'occasione per ridere di un particolare, anche se insignificante. Desideravo diventare così un giorno: vigile ma sereno.

Quando morì, avevo poco più di vent'anni, fu un duro colpo: il mondo con le miserie e le ombre mi piombò addosso con il suo peso. Ci vollero degli anni per recuperare la forza di reagire. Lei mi proteggeva. Non ho idea di come facesse, ma quando si stava insieme, pareva di essere in una bolla, isolato da tutto e tutti; quando morì questa sensazione finì con lei.

Ho sempre avuto nostalgia della mia nonnina. Certe volte, quando la sognavo felice e vestita di blu portare fiori e sorridere, mi svegliavo piangendo, chiedendo a Dio il perché di tali sogni. Oggi mi mancano i suoi consigli, sempre carichi di benevolenza, quando le portavo rabbia giovanile e incomprensione. Sento la mancanza della sua guida contro i demoni invincibili che vivono dentro e fuori di me. Con la sua morte imparai lo sconforto, e la solitudine mi pervase lo spirito con tutta la sua oscurità lasciandomi solo al buio a cercare una candela. I suoi fiori preferiti erano gli iris, le rose e la lavanda.

Camminando verso la strana costruzione grazie a quel profumo così carico di sensazioni, ritrovai la condizione d'animo comune a quelli che possiedono ricordi felici. Giunto al limitare delle colonne di legno riconobbi, come avevo sperato, la figura seduta: una donna distinta, con i capelli lunghi fino alle spalle e una frangetta sbarazzina. Portava un golf viola con dei bottoni rotondi dorati.

--- Nonna! – esclamai, correndole incontro. Lei si voltò posando la tazzina:

--- Gioia mia! – esclamò sorridendo.

Preso dall'emozione, non mi accorsi dell'altra figura in piedi che si parò davanti: era davvero alto, portava un pastrano nero rifinito con ricami azzurri, la sua pelle era perlacea e fui colpito dai lunghi capelli violetti. Vedendolo mi spaventai e retrocedetti di due passi, ma egli sorrise e tendendo la mano mi aiutò a salire i tre gradini. La mano era grande, almeno il doppio della mia, e calda.

Mi gettai al collo della donna abbracciandola:

--- nonnina mia.. – sussurrai. Lei mi baciò sulla fronte:

--- Siediti vicino a me.. – disse dolcemente tirando accanto a sé una sedia di vimini.

--- ma cosa fai qui?! – io, impaziente.

--- ti aspettavo, Puciunin.. –

--- mi aspettavi…? Ma… --- guardai attorno. L'uomo in piedi stava accanto a noi, osservava l'orizzonte con grande attenzione. Mi rivolsi ad Elsa che sorrideva:

--- sono…sono morto? – chiesi con un fil di voce.

Lei rise fragorosamente: --- certo che no! Non sei morto! –

--- Ma allora…? Cos'è questo posto? E il treno? Quegli esseri… --- domandai pieno di tensione.

Elsa per tutta risposta mi prese la mano e la mise sulla pancia sorridendo :

--- Non ti ricordi proprio niente? Eppure ormai è passato abbastanza tempo… ---

--- Tempo per cosa? – ribattei.

--- Non importa…--- e scosse il capo – dimmi, cosa pensi che sia successo? –

--- beh… non so, forse sto sognando, ma ho la sensazione che non sia solo questo… --- risposi dubbioso.

--- Bravo! – concordò lei dando dei colpetti sulla mano sopra la sua pancia – sei tu, mio caro! –

--- Sono io? In che senso..? – mi grattai la testa.

--- il monaco, l'assassino, Ioio, il paziente 109, sei tu! – elencò Elsa spalancando gli occhi e guardandomi fisso.

--- Sono io… --- ripetei meccanicamente – ma… cosa vuol dire? Perché? – Elsa sospirò:

--- questa è una bella domanda… ---, con tenerezza – vuoi davvero sapere cosa è successo? –

--- Certo che voglio saperlo! –

Lei mi diede una carezza – sei coraggioso… --- sorrise.

--- Ma tu nonna, come mai sei qui? – domandai impaziente, interrompendola.

--- Io sono una parte di te, esattamente come le altre persone che hai visto sul treno… --- replicò dolcemente.

Cominciai a piangere: --- mi manchi, nonnina! Non resisto a tutto questo da solo! – singhiozzai.

--- Ma no gioia, no… --- mormorò abbracciandomi – io sono dentro di te, non posso lasciarti… non sarai mai solo.. –

Le sue parole, come sempre, raggiunsero immediatamente il mio essere in maniera pura e semplice come un sorso d'acqua scorre in gola.

L'uomo in piedi si avvicinò ad Elsa e le sussurrò qualcosa all'orecchio, lei si alzò.

--- Devo andare… --- mi disse con un sorriso.

--- Come? Di già?! – piagnucolai.

Per tutta risposta lei guardandomi negli occhi:

--- Sii forte, sii coraggioso, sei molto più di quello che credi, io sarò sempre con te- -- così dicendo mi baciò la fronte e prendendo l'uomo alto sotto braccio scese i gradini e si allontanò.

--- Nonna! Nonna aspetta! – chiamai forte, ma non si voltò. Allora mi alzai per correrle incontro, ma il cielo dapprima sereno, con una rapidità soprannaturale si era fatto denso di nuvole grigie e spaventose, cominciò a tuonare così forte da far tremare la terra. Caddi.

– Nonna! Nonna! – continuavo a chiamare, ma il vento copriva la voce. Cercai di alzarmi e correre, ma qualcosa simile ad un maglio mi colpì con un bagliore accecante alla schiena. Caddi in avanti e mentre perdevo i sensi, la tempesta infuriava sopra la mia testa.

Mater Morbis

--- Questa volta è l'ultima... --- rivolgevo lo sfogo al sedile vuoto davanti a me – questa volta è davvero l'ultima... sono osteopata! –

Quel maleducato di sedile continuava a tacere. Poco importava, ormai ero fuori, salvo, il risultato ottenuto. Finalmente potevo aprire quel rubinetto tenuto chiuso per tutti questi anni, dire la mia, curare a modo mio! Era fatta. Basta con i viaggi da una città all'altra, con ostelli, notti insonni, solitudine, cene fredde, esami stupidi e terrificanti con giudizi e incazzature inutili. Basta! Questa era davvero l'ultima. Soprattutto basta treni. Basta con gente maleducata, con i ritardi delle ferrovie dello stato, con le attese in stazione; d'ora in poi, se avessi voluto salire su di un treno lo avrei fatto di mia volontà, senza obblighi, senza restrizioni.

– Sono osteopata.... – continuavo a ripetere imperterrito al sedile, --- dopo quasi otto anni, finalmente si comincia...---.

Il paesaggio scorreva dal finestrino e il sole scherzava con i riflessi e le ombre degli alberi. Sorridevo guardando fuori. Mi sentivo ogni attimo più vicino a casa e alla mia vera vita. Il treno sfrecciava nella campagna soleggiata diritto come un fuso e pareva dovesse decollare tanto fendeva l'aria. Di tanto in tanto il lungo fischio del locomotore salutava il mondo, con quel suono che fa dire ai bambini:

--- da grande voglio guidare il treno! –

Quella era la giornata perfetta, nulla sarebbe potuto andare storto, proprio nulla. Il mezzo rallentò in prossimità di una stazione, si fermò e scaricò i passeggeri per poi caricarne altrettanti. Sentivo il vociare dei nuovi venuti dal corridoio: ragazze che passavano davanti alla porta aperta del mio scompartimento, cariche di borsette di carta, con sul naso quegli occhiali giganti: guardavano e proseguivano, come sempre. Quel giorno non ero sul treno, il corpo forse sì, ma non certo la mente, così non mi accorsi che una giovane sedette di fronte a me. Quando la vidi, sussultai. Lei, notando il mio spavento rise, coprendosi la bocca con la mano: era molto carina. Aveva gli occhi scuri e i capelli ricci, lunghi, del medesimo colore. Arrossii d'istinto, ma facendomi coraggio la rimproverai scherzosamente:

--- Le sembra il modo?! Vuole che ci rimanga secco? Perlomeno mi dica il suo nome! –

Lei rise nuovamente e si presentò:

--- Piacere, Arianna... ---

Le strinsi la mano insolitamente solida e forte, mi elettrizzò.

Rimanemmo in silenzio, quello imbarazzante che intercorre tra due persone interessate l'una all'altra. Un senza parole pericoloso, poiché se dura troppo, ahimè, è tardi, la magia svanisce e ciascuno per conto suo. In questo sono da ammirare gli animali, essi agiscono come se fosse la prima volta: il loro è sempre un rischio di vita o di morte, è solo l'uomo che si annoia, che borbotta, che non rischia.

--- E' una bella giornata per viaggiare, non trova? – iniziò la bella Arianna, interrompendo i miei pensieri; mi guardava e sorrideva timidamente.

--- Sì, è vero... proprio una bella giornata ---, osservavo il cielo terso fuori dal finestrino, dandomi del deficiente per una risposta così banale.

--- sa, io non viaggio spesso, tuttavia devo ammettere che... --- s'interruppe.

Uno strano suono forte come una piccola esplosione fece sussultare la carrozza, l'incedere del treno subì una brusca frenata. Gli occhi si incontrarono, lei era pallida. Del fumo nero e intenso passava davanti al finestrino. Il mio riflesso sul vetro restituì un'espressione spaventata. Un secondo suono, più vicino, la fece gridare. I cuori battevano forte. Spiai il binario accanto al nostro, sentivo fischiare come di un treno in arrivo dalla parte opposta, ma potevo sbagliare. Poi accadde. L'impatto fu violentissimo tanto che il sedile su cui ero seduto si sfilò come per incanto. I vetri andarono in mille pezzi, alcuni frammenti mi ferirono il viso. Vidi la ragazza saltare verso il soffitto come se fosse stata su una molla, in tutto quel baccano sentii il suo collo spezzarsi: si accartocciò contro il tetto dello scompartimento come una lattina vuota. La carrozza inclinò da un lato, la lamiera strideva violentemente, il pianale per i bagagli si spaccò in due. Una pesante valigia mi centrò la gamba sinistra, urlai. La parete davanti si squarciò come fosse di cartapesta, una enorme trave d'acciaio puntava contro il mio petto e non so come la evitai d'un soffio gettandomi di lato. La situazione era critica: avevo una gamba a pezzi che pulsava e pungeva da morire, una trave piantata a dieci centimetri dal mio collo. Il vagone strisciava coricato e dal finestrino rotto entrava di tutto: sassi, pezzi di vetro e terra. Il treno non si era fermato. Cercai di muovermi, ma la mano con cui mi reggevo fu colpita da qualcosa di tagliente, le dita cedettero: sotto di me si aprì un buco e la terra entrò. Avevo paura, piangevo e non riuscivo a pensare; afferrai con la mano quello che rimaneva della porta dello scompartimento, facendo leva sulla gamba sana mi spinsi nel corridoio, che ormai non esisteva più. Sentivo gridare, il fumo soffocava, di tanto in tanto scoppiava una luce tra una pioggia di scintille. Il treno avanzava su un fianco e ancora non accennava a rallentare. Ore? Minuti eterni o solo secondi? Infine successe: la parte anteriore del vagone si piegò in due come un tubo di gomma, si schiantò al suolo e mi passò sotto facendomi ruzzolare sui vetri e pezzi di lamiera appuntiti: gridavo. Una casa! Davanti a me avanzava a tutta velocità un muro di cemento. Pazzo di terrore, girai su un fianco e chiusi gli occhi; l'impatto fermò di botto il vagone e volai attraverso lo spazio finchè urtai qualcosa con la testa, feci una piroetta e atterrai di schiena su quello che credetti un pavimento. L'ultima immagine fu la parete di quel maledetto intercity che veniva verso di me, urtò il muro, si capovolse e lo stipite di un finestrino, appuntito, mi perforò il petto da parte a parte: non sentii nulla, mi inchiodò al pavimento. Finalmente il muro cedette e il calcinaccio mi cadde sugli occhi.

Ero morto? Da qualche parte, prima o dopo, udii delle voci. Dov'ero, al buio, non percepivo nulla fisicamente, galleggiavo. Mi sentii trascinare e muovere, poi stanco, decisi di dormire e non svegliarmi più.

Excitatio

Dunque così andò. Ecco perché non riuscivo a scendere da quel treno: non volevo svegliarmi. Il mondo è crudele, infame e ingiusto; senza andare troppo oltre e giustificarsi con antichi concetti o con studi profondi di teologia o filosofia, ce ne rendiamo conto tutti. Allora perché non rimanere a dormire? Perché mai dovrei svegliarmi? Per vedere un'altra volta il sole percorrere il suo immutabile giro? Mi ero stufato. Stancato di non essere davvero libero, vincolato da mille regole e sistemi come una camera d'aria imbrigliata in un pneumatico. Il coma mi pareva la scelta migliore.

Negare forzatamente la mia esistenza affogando nell'orgoglio i miei giorni di sano, giovane essere vivente sembrava la risposta. Quale crudeltà spinge un uomo ad una scelta simile? Qualcuno suggerisce: non perseguire uno scopo. Che triste concetto, ma è la verità. Io restavo in coma perché non avevo una meta, sopravvivevo privo di stimoli: mi ero abbandonato alla corrente, al fluire del mondo ed ai suoi avvenimenti. Qualcuno però non era d'accordo: Aysiatha, così come Ioio, perfino Mr Never. Parti di me spingevano a trovare una risposta, un perché a quella condizione, come a convincermi che non era finita. Perché? Era Dio, a volere così? È stato Lui a dire:
--- no, fermi tutti, questo ragazzo ha ancora cose da fare e da proporre?... ---
Credevo di essere uno, invece sono molti. Pensavo di essere solo e invece non lo sono mai stato. Ero convinto che i miei occhi, così malandati, le mie orecchie, così malfunzionanti, fossero un difetto invece funzionano benissimo. Credevo di avere una sola voce, un singolo filo di pensieri, una risposta, invece posso essere chi voglio, quando lo desidero. Non c'è limite. Non esiste una fine e l'uomo, così imperfetto, è l'unico essere che può comprendere questa verità. E' bastata attenderla, lei ha fatto la strada con me su quel treno, reagendo alla mia presenza. Mi ha accompagnato e accudito, grazie a lei ho riso, ho pianto, ho tremato di terrore, mi sono sentito vivo. Cosa ho imparato? Che dentro ognuno di noi esiste una verità che pulsa, vive, e nemmeno il coma può spegnere. Lava via l'orgoglio

come la pioggia il sangue dai campi di battaglia, cresce l'erba in posti inimmaginabili, conclude i sogni ma ci dà l'occasione di ricordarli, se lo desideriamo.   Sospinge, alimenta, cambia il nostro essere, sempre. Nel mio viaggio, il monaco, il killer, il bambino, tutti possedevano una verità che si accordava l'una con l'altra come si accordano due strumenti musicali: facendo tentativi e infine suonando insieme. Sono io che ho reso possibile ciò.   Sono il compositore di questa canzone. Mentre giacevo nel buio, la verità è venuta a prendermi, a raccontare la sua storia e a lasciarmi la possibilità di decidere, senza restrizioni nè fretta. La sua dolcezza mi ha commosso. Mi ha permeato di una gioia infinita, di una fantasia illimitata e di una gratitudine eterna.

Per questo decido di farla finita. Basta con il lungo sonno. È ora di guardare il mondo e illuminarlo con la mia verità, ma con dolcezza e amore.

Non sento più il corpo… ho paura che mi abbia dimenticato… ho paura. Spero non sia troppo tardi, spero che… ma cos'è questo rumore? Sembra un brusio… qualcosa che vibra, da dove viene?

Aprii gli occhi. Luce bianca. Li sbattei diverse volte, era tutto sfocato e il rumore insistente… veniva dal mio petto… cos'è? Cercai di mettere a fuoco, una macchia grigia e bianca. Poi dei baffi e del pelo. Un gatto.

–   Keiko! – stupii, totalmente senza voce: era proprio la mia gatta! La bella norvegese delle foreste stava sdraiata sul petto facendo le fusa, il musetto appuntito striato di bianco e grigio sbatteva gli occhi dorati lentamente: il suo modo di darmi il buongiorno.

–   Keiko… --- ripetei, cercando di toccarla, ma la mano non si mosse. Respirai e finalmente vidi il soffitto bianco della stanza, girai gli occhi, il sole entrava da una finestra, doveva essere un tardo pomeriggio. La luce veniva giù di taglio e netta, arancione, e illuminava una poltrona vuota rossa. Respirai scoprendo di nuovo il petto gonfiarsi: era bello essere svegli. Non sentivo dolore, ma potevo muovere soltanto gli occhi, il perché non importava. D'un tratto sentii qualcosa scorrere, qualcuno entrava piano nella stanza. Una donna e un uomo avanzavano con la stessa deferenza di quando si visita una cripta. La donna mostrava gli occhi rossi per il pianto, l'uomo un'espressione di grande tenerezza. Nel loro sguardo riconobbi mamma e papà, aprii la bocca per parlare, ma niente voce.

— Gioia..! – sussurrò lei, e le quattro mani, maschili e femminili mi carezzarono come dopo una seconda nascita. Riprovai cosa vuol dire tornare al mondo tra le braccia di persone amate. Piansi. Le lacrime mi scesero lungo le guance grosse e calde.

" va tutto bene mampapà, sono tornato. Ce l'ho fatta", pensiero coltivato nel cuore.

Epilogo

La degenza durò a lungo. Prima che potessi muovermi liberamente e infine camminare, trascorsero mesi. Per tutto il periodo parenti e amici fecero la spola per venire a dimostrare il loro sentimento di affetto nei miei riguardi. Io intanto ebbi il mio bel daffare: la fisioterapia fu dolorosa e faticosa e ancora oggi vivo con strani dolori che mi assalgono di notte o poco prima dell'alba.

Sono passati anni da quell'incidente e i miei giorni obbligatori sui treni sono finiti. Oggi da osteopata posso sentirmi libero di viaggiare quando lo desidero. Non voglio dire di non aver preso un treno da quel giorno, tutt'altro: sento l'esigenza di tanto in tanto di salire di nuovo sulle rotaie e vedere dove mi portano. Se ho paura? I primi tempi, certamente.

Dovetti anche andare in analisi per un lungo periodo, questione di protocollo, e raccontai al terapeuta il mio strano viaggio su quel treno. Ovviamente si fecero tutte le interpretazioni del caso: cosa volesse esprimere il mio inconscio con questo o quell'aspetto, quale parte di me fosse realmente rappresentata da Aysiatha o chi davvero fosse Mr Never. Io mi divertivo a esprimere congetture e ad ascoltare quelle dei medici. Mi sentivo come quando cerco di risolvere un problema di matematica con la mia nipotina: conoscendo la soluzione è interessante vederla smaniare e sudare nel cercarla. Non credo sia questione di superbia. Come quei miei personaggi che conoscevano la risposta, ma aspettavano che la trovassi io, aiutandomi talvolta in maniera violenta e contorta, costringendo a guardarmi dentro.

Qualche volta, la sera nel letto, fisso il soffitto buio e sorrido: mi mancano. Vorrei vederli e parlare con loro per un'ultima volta, tutti insieme. Ora che qualche capello bianco circonda il mio viso attendo il giorno in cui potrò stringere la mano di ciascuno e ringraziarli per avermi risvegliato la mente e riportato nel corpo.

Ho raccontato questa storia a tante persone, in maniera differente ma sempre fedele alla verità: mi sono sentito dire le cose più strane e tante volte non sono stato compreso o addirittura considerato un bugiardo. Ecco perché la notte sorrido prima di addormentarmi: nessuno mai, neppure mia moglie e i miei figli capiranno la verità, perché non erano presenti. Una cosa tutta mia, personale e meravigliosa. La prova che dietro l'aspetto di carne e ossa esiste un essere immortale, genuino e pieno di vita. Io non posso fare altro che comportarmi come un bravo recipiente: un gran regalo, il migliore che si possa desiderare, è capire e comprendere che non si è mai soli.

Ovviamente la realtà tende a far dimenticare quando si devono risolvere i problemi quotidiani come il lavoro, la scuola dei figli, la casa. Grazie a Dio e a quel treno, ora riesco a trovare un piccolo spazio tra un evento e l'altro, tra ieri e oggi, in cui mi fermo a guardare quella piccola galassia azzurrina e provo un senso di pace. Per tutti noi, credo, viene un momento nella propria vita in cui sembra di non avere scampo, di dover impazzire e di essere in procinto di annegare: poi però qualcosa ci guida con dolcezza verso la riva, permettendoci di andare avanti.

Mia moglie dorme accanto a me stanotte, ma io guardo il soffitto e sorrido.

Finito di stampare nel mese di Ottobre 2015
per conto di Youcanprint *self - publishing*

www.ingramcontent.com/pod-product-compliance
Lightning Source LLC
Chambersburg PA
CBHW082033170626

46817CB00010B/3146